譯林擷趣

陳蒼多 著

鴻儒堂出版社發行

自　序

我從事翻譯教學工作和實際翻譯工作多年，也寫了一些翻譯理論的文章，但我個人注重趣味，所以以「譯林擷趣」為名寫了一些短文，發表在報紙副刊，有幾則引起讀者的回應，尤其是〈「撒嬌」沒有英譯？〉一則。我寫這一則的動機是源於劉紹銘先生一篇文章中的子題「撒嬌沒有英文？」為了增色起見，就附上了劉先生閱讀拙作後的回應文章，由於無法聯絡到劉先生，在此為我的僭越表示歉意。當然，除了在報上發表的部分，我又陸續搜索了很多資料，繼續寫成短文，才得以成書。

本書的內容大都是一些誤譯造成的有趣誤會，也有幾則涉及翻譯見解，雖不見得篇篇趣味盎然，但儘可能平易近人，例如翻譯見解部分，常見有人引用「翻譯像女人，忠實就不漂亮，漂亮就不忠實」，我特別去考據這句話的來源，因為它雖然像梁實秋所說的，是對女人的不敬，但畢竟很具巧思，值得探討一番。

又如雙關語的翻譯也饒富趣味，更具挑戰性（大部分要附以譯註才能畢其功）。〈翻譯的懸賞〉一則，就是對有興趣於翻譯的高手提出不用譯註就可以完美翻譯雙關語的挑戰。我已收集了很多中、英文的雙關語（或同音異義字詞）的資料，希望將來出書，與對這方面有興趣的讀者分享。

無論英譯中或中譯英，都是提升英文程度的方法，而大部分的這些「擷趣」都涉及英譯中或中譯英，希望發揮寓教於「趣」的功效，讓讀者在覺得有趣的同時，減少寫出或說出「菜英文」的機會。又，如果錯誤的英譯沒有給正確的答案，讀者也可以藉此機會考考自己的英文寫作能力；如果錯誤的中譯沒有給正確的答案，則可以考考自己的英文閱讀能力。

錯誤或不周延之處，還請方家指正。

目　錄

「撒嬌」沒有英譯？

我看過劉紹銘先生一篇文章中的一段，大意是說，「撒嬌」並無適當英譯，因為美國女孩只會「撒野」，他的結論是「據老美漢學同事相告，英文字彙中，『撒嬌』付之闕如就是。」

後來我也請教系裡一位待在台灣很久、對「撒嬌」的意義有一定程度了解的老美，他也同意，英文中沒有表達中文「撒嬌」的適當語詞。

接著，我讀到李佳穎小姐在短文〈填充題〉中提到，「更有甚者，連個詞都找不到的，比如說『撒嬌』，經過我敘述舉例表演，友人給了我一個詞『coy』……」，但她認為coy有「害羞」、「裝有禮」、「忸怩作態」等含意，是有點兒撒嬌的味道，但又似乎不只如此。記得鮑家欣小姐在電視「魔法ABC」中也說過類似「撒嬌」沒有適當英譯的話。

到現在為止，已有至少三個人表示「撒嬌」沒有適當英譯，看來是「三」審定讞了，其實這也不足為奇，因為中西文化、民族性不同，中國文化裡有的東西，外國不一定有。但是我還是想知道是否會有高明人士出來翻案，否則所有漢英字典中有關「撒嬌」的英文解釋都有問題，不是「傷很大」嗎？

附錄　劉紹銘先生回應：

鄭樹森教授轉來陳蒼多先生〈撒嬌沒有中譯？〉一文，載八月八日台灣《聯合報》。陳先生說：「我看過劉紹銘先生一篇文章中的一段，大意是說『撒嬌』並無適當的英譯，因為美國女孩子只會撒野。」

從前我認定「撒嬌」沒有英譯，今天依然如是。《現代漢語詞典》把「撒嬌」解作「仗著受人寵愛故意作態」。這不正是「恃寵生驕」麼？失寵只好撒「野」。撒野是放肆、蠻不講理。撒嬌多從「嗲」字開始。因此撒嬌有先天的年齡與性別限制。大男人不「撒嬌」。女人到了劉姥姥的年紀，也少見嗲聲嗲氣。因此嗲得似模似樣的只有童音未失的小女生。

我在威斯康辛大學教書時有同事Robert Joe Cutter，掌上明珠剛好到了說話嬌滴滴的年紀，愛撒嬌，但更會一把眼淚一把鼻涕的撒野。一天我在同事家作客，飯後坐在客廳聊天，嬌嬌女跑進來，爬到父親坐的長沙發上，摟著老爸的脖子，吻著他的耳朵說："Daddy, can I have more ice cream please?" "Ask mom." "Mom won't let me" "Well then, no more ice cream" "Daddy, please, please, pretty please!"

Daddy再無招架之力，跑到廚房去替女兒求情，乖女終償所願。我一直沒有放棄為「撒嬌」一詞找英譯的意念，眼前既有現成的「語境」，機不可失，乃問Cutter剛才女兒在他面前的所作所為，中文叫「撒嬌」，英文該怎麼說？他想了好久好久，毫無把握的說：「會不會是wheedle?」

我們到他書房翻字典。照字面的解釋，wheedle是：to persuade someone to do something or to give you something by saying nice things。依此說法，saying nice things該是「甜言蜜語」，或等而下之，「花言巧語」。The little girl wheedled her father into getting her more ice cream，小

女孩用甜言蜜語使她父親為她多拿了一些冰淇淋。

Wheedle不可取，因為在《The Oxford Thesaurus》中這個字隱隱然有「con」（詐騙）的意味。Cutter女兒向父親「撒嬌」，不單用please pretty please這種「甜言」，還有摟脖子親耳朵那套「身體語言」。父女之間，「撒嬌」是不含詐騙成份的。Wheedle的字義負面太多。「獻媚」也是其中一種手段。我在辭典上找不到「詐嬌」一條，但這句廣東方言倒最接近wheedle的意境。「撒嬌」不應是小女孩專利，小情人情到濃時要男朋友陪她去拜望未來丈母娘，說不定要pretty please一番他才勉為其難。歡場女子要恩客送Gucci，過了撒嬌年齡，只好「詐嬌」以博歡心。

陳蒼多先生的文章還引述一位李佳穎小姐的短文〈填充題〉，說她為了向友人討教「撒嬌」的英譯，只好自己敘述舉例，加上出手表演，友人聽說和「睹狀」後，「給了我一個詞『coy』……但她認為coy有

『害羞』、『裝有禮』、『忸怩』作態等涵義，是有點兒撒嬌的味道，但又似乎不止如此。」

看來「撒嬌」英譯只好繼續懸空。童元方教授在〈丹青難寫是精神〉一文說，在翻譯上最難處理的是文學語言，因此類文字「常是歧義橫生，常是言在意外，常是觸類旁通，常是指桑罵槐，常是烘雲托月，常是臨水照花。」

說來說去，我們不得不承認這個事實，文字確有可譯與不可譯的，中譯英如是，英譯中亦如是。閔德福（John Minford）譯金庸《鹿鼎記》時，為怎樣翻譯各好漢口中的「江湖」、「江湖上」的口頭禪害得茶飯不思。中醫口中的「虛火上升」，也是碰不得的翻譯大忌。杏花、春雨、江南。「江南」一義也不是River South兩字解決得了的。外語教學與研究出版社的《漢英詞典》把「撒嬌」譯為：act like a spoiled child; act spoiled。可惜慣壞了的孩子撒起野來沒有幾個是可愛的。

「撒嬌」的這些英譯都不適當

我查過字典，也看過一些資料，字典把「撒嬌」譯成coquetry（名詞）、fawn(動詞），其實前者是「賣弄風騷」，後者是「諂媚」，與「撒嬌」不可同日而語。還有一本書把「撒嬌」譯成in a prettishly charming manner；pouting prettily，意思大約是「怒嗔；噘嘴迷人」，好像也不盡然。有一位同事說，可以譯成purr，不過此字好像是強調「女人低聲表達愉快的感覺或願望」。不久前我在課堂上提到「撒嬌」沒有對等的英譯，問一個到美國當交換學生的學生，她提議用snuggle（依偎），不過，此字動作多於言語與聲音。至於李佳穎小姐的coy當然也不適合（請見前則）。據教法文的同事相告，法文中有一個字minauder適合中文「撒嬌」的意思。難道美國女孩不會的事，法國女孩就會？

主席與頭子

《哈利波特─阿茲卡班的逃犯》一書中有一段喬治、弗雷的對話。

原文是這樣的：

...said George seriously.“And there'll be little flags on the hoods, with HB on them.”“—for Humongous Bighead,” said Fred.

中譯則是：

……喬治認真地表示，「而且引擎蓋上還會插著幾根小旗子，上面寫著『主席』。」「——煮飯的煮，熄火的熄，」弗雷說（註：HB＝Headboy 學生會男主席）。

這則對話表示弗雷對學生會「主席」職位很不屑，所以把Headboy轉化為Humongous Bighead，兩者都可以用HB來表示，但其中的意思卻差了一大截。Humongous一字是俚語，是huge（巨大）和

monstrouss（怪異）的合成，有「巨怪」之意，而Bighead則指「自大的人」，兩者合起來貶意很重，豈止是「煮飯＋熄火」可以帶過。我建議把HB譯成「頭子」，而不是「主席」，這樣就可以把對話譯成：「……上面寫著『頭子』。」「——怪大頭的頭，臭小子的子，」弗雷說（譯註：HB＝學生會頭子）。這樣才算意思和文體都忠於原文。

「第十四任總統」的英文怎麼說？

蔡英文當選為中華民國第十四任總統，英文的翻譯卻是「the 14th President」，其實這是「第十四位總統」的意思，中華民國應該還沒有到十四位總統。「第十四任總統」的英譯據友人告知應是「the 14th term President」。但是如果用問句問「某某是第幾任總統?」就比較麻煩了。精通中文的美國人何瑞元說，先排出第一任，再問某某是第幾任，如「What number was Mr.Lincoln？」吳炳鐘則認為，英語裡缺少問「第幾」的單字或片語，他建議譯成「How many American presidents were before Mr.Lincoln？」

什麼是什麼啊

俄國作家納博可夫（Vladamir Nabokov）在〈翻譯的藝術〉一文中指出法文譯本《哈姆雷特》的一則誤譯。莎士比亞的原文是「...for the play, I remember, pleased not the million, 'twas cavier to the general」，意思大約是「我記得這部戲並沒有讓大眾很喜歡，對一般人而言是曲高和寡」。最後這句「'twas cavier to the general」原意是「對一般人而言是魚子醬」，意思是說魚子醬是好東西，但一般人不習慣吃它，因此一般人不識貨，最後引申為「曲高和寡」之意。

重點來了。法文譯者把「'twas cavier to the general」譯成「帶魚子醬去給將軍」，把其中的to譯成「帶去」，把general（一般人）譯成「將軍」，真是差很大啊。

都是day惹的禍

在一篇文章中讀到一則訊息。中國大陸把在台灣口碑不錯的一部電影《明天過後》譯成《後天》，因為這部片子的原文是「The Day After Tommorow」，一般的意思是「後天」，但根據作者的說法，「電影內容談的是氣候異常、地球面臨毀滅的大災難，眼前情況已經危急，明天過後又是什麼境地」。所以，「明天過後」的譯法應該勝過「後天」的譯法。

這讓我想起我譯完生平第一部作品毛姆的《巴黎的異鄉人》後，拿給當時研究所教翻譯的老師指正，記得他指出，我把「better part of the day」譯成「一天較好的部分」是錯誤的，正確的意思是「一天的大部分時間」。

另外，英文的「pass the time of the day」也很容易譯成「度過一天的日子」，其實真正的意思是「寒暄、客套一番」，不過，像這樣一句英文，如果前後文兜不攏，讀者或譯者都會去查字典解決問題。

這是翻譯嗎？

我保有一份剪報，沒有標題，沒有作者，只有內容。內容是說，兩個英國裔美國作家依捨伍(Christopher Isherwood)和W·H·奧登(W·H·Auden)一九三八、三九年到過上海，在所寫的遊記《旅行到一次戰爭》中說：

「上海可以滿足疲累好色的行商坐賈，要什麼有什麼，電動剃鬍刀、法國晚餐、縫製上佳的西裝。大飯店裡的衣香舞影，猶太經理彬彬有禮，陪客人談歐洲的貴族生活和舊日的柏林。跑馬球賽、美國電影。澡堂妓院裡多的是豔妓孌童，鴉片煙像下午茶那樣侍奉。天氣作祟，上好的餐酒難求，威士忌和杜松子酒卻多得可以浮起戰艦。珠寶商古董商隨時候教，開價令人錯以為置身在紐約倫敦。最後，自慚罪孽深重之時，上海各教各派的大小教堂都有」。

然後作者以括弧的方式附了英文如下：

“...If you want girls or boys, you can have them, at all prices, in the bath-house and the brothels. If you want opium you can smoke in the best company, served on a tray, like afternoon tea. Good wine is difficult in this climate, but there is whisky and gin to float a fleet of battleships. The jeweler and the antique dealer await your order, and their charges will make you imagine yourself back on Fifth Avenue or in Bond Street. Finally, if you ever repent, there are churches and chapels of all demonization.”

當然，我不認為作者試著把英文譯為中文，而是把英文的大概中文意思寫出來，再附上英文。但中文很美，也有很多渲染之處。我試著把英文按照作者的中文用詞翻譯如下：

「如果你要找豔妓孌童，可以到澡堂妓院，各種價錢都有。如果你要抽鴉片煙，可以找到最好的伴相陪。鴉片就放在茶盤中，像下午茶。這樣的氣候，好酒難求，威士忌和杜松子酒卻多得可以浮起戰艦。珠寶商古董商等著你下單，開價讓人錯以為身在紐約第五街或倫敦龐德街。最後，如果你要悔罪，上海各教各派的大小教堂都有」。

英文開始的「...」表示作者省略了「上海可以滿足……美國電影」的部分，且不論。接下來的中文部份，讀者可以以翻譯的觀點跟我的部分對比。限於篇幅，我只想指出一點：climate應該譯成「氣候」而不是「天氣」。好酒難求跟天氣無關（當然也不是因為「天氣作祟」），而是跟氣候有關。

告示牌的英譯鬧笑話

中國大陸有四則告示牌的英譯鬧了笑話。

第一，「大路隨你走，別踩在我頭上。」這是提醒「不要踐踏草地」的告示，鬧笑話的英譯是「Off my head there is a path」。「別踩在我頭上」的英譯太直了，好像叫人不要碰到另一個人的頭。

第二，「溫馨提示，操課中請勿打擾。」英譯是「Fuck Class Do Not Disturb」。「操」確實有時被當著髒話。「操課」就大不同了。

第三，中國大陸東方航空和上海航空聯名使用的告示牌上面寫著「請在一米線外等候」。所謂的「一米線」應該是「一公尺外」的意思，結果英譯竟然是「Please wait outside rice-flour noodle」。問題是，把一公尺的「米」誤以為是吃的米，但米也不是rice-flour noodle；rice-flour noodle是「米粉麵條」。

第四，西安北客站的告示牌把「請在一米線外等候」譯成「Please wait outside a noodle」，第三則中的「米粉麵條」變成了「麵條」。

這四則英譯顯然是機器翻譯惹的禍。第三、四則的標準翻譯應該是「Please wait behind the yellow line」。

川普的PO文怎麼譯？

川普當選總統後PO文說，「Interesting how the US sells Taiwan billions of dollars of military equipment but I should not accept a congratulatory call」。台灣有一個媒體把它解讀為「美國賣給台灣幾十億軍事設備，很有意思，但他不應該接這通恭賀電話」。這是天大誤會，正確的翻譯應該是「美國賣了數十億美元的軍事武器給臺灣，我卻連接一通賀電都不應該，真是有趣」。

原文的關鍵字是「how」。這個「how」是連接詞，它連接了「how」以下的整個子句。之所以譯錯乃在於：譯者以為「how」只連接到「military equipment」，而「but I should not...」是另一個句子。根據臺灣出版的《朗文當代高級辭典》，這個「how」的英文意思是「the fact that」，中文是「關於…之事」。這本辭典給了一個句子

「Do you remember how she used to smoke fifty cigarettes a day？」所附的中文翻譯是「你記得她過去一天抽五十支煙的事嗎？」其實，其中的「how」根本不必譯出，譯文中的「一事」兩字是不必要的。

那個會錯意的媒體雖然後來把標題改為：川普推特抱怨「為何不能接臺灣祝賀電話」，但末了仍寫「顯對接蔡英文電話感到反悔」。川普分明沒有反悔，真是越描越黑啊！

Twinkle twinkle little star 的英譯

最近發現，英國詩人與小說家珍・泰勒（Jane Taylor）的那首童詩Twinkle twinkle little star的中譯與原詩不合。

珍・泰勒的原詩如下：

Twinkle twinkle little star,
How I wonder what you are,
Up above the world so high
Like a diamond in the sky.

流行的中譯是：

一閃一閃亮晶晶
滿天都是小星星
掛在天上放光明
好像許多小眼睛

原詩的英文很簡單，與中譯比較就可看出中譯不忠實，如第二行的「How I wonder what you are」以及第四行的「Like a diamond in the sky」，押韻是譯出來了，但是意思不對。我試著翻譯如下：

一閃一閃的小星星
不知你是什麼神明
掛在世界那麼高地方
就像天空的鑽石一樣。

原中譯是四行一韻到底，我是四行兩韻，用詞和字數都有點犧牲，不那麼琅琅上口，但比較接近原意。

分數藏在細節中

我在不同時空中讀到兩段英文，第一段我只抄錄到以下部份：「...ensure cool summer and warmer winter」，其中cool是形容詞的尋常級，warmer是比較級，照理應該譯成「…保證夏天涼爽，冬天比較溫暖」，因為也許原作者在強調冬天的部份，但就算譯成「…保證冬暖夏涼」也應可以接受，就像你不一定要把「to my surprise and great pleasure」中的「great」列入考慮而譯成「讓我又驚又大喜」，而是直接譯成「讓我又驚又喜」也應可以接受。

可是另一個涉及夏天和冬天的句子就不同了。這個句子是「Their house are admirably built and arranged so as to be warm in winter and well-aired in summer」。其中後半部「warm in winter and well-aired in summer」如只譯成「冬暖夏涼」，有點說不過去，至少要譯成「冬天溫暖，夏天

空氣流通」。也許讀者會說，我在雞蛋裡挑骨頭，但在翻譯比賽中，分數就藏在細節中。

Junk是什麼？

有一次去澳洲的塔斯馬尼亞旅行，在首府荷巴特的一家中菜館用餐，店名叫「金舫」，附有英文Golden Junk。我當下問同團的黃先生：junk不是「垃圾」嗎？他英文很行，馬上回答說，junk是譯成「戎克船」。回來查資料，才知道日本人把junk譯為「戎克船」，此字與「垃圾」無關，是由馬來話「dong」或「jong」演變而來。據成大陳政宏教授說，使用中文的人不需要使用一再音譯後的無意義寫法，應回歸中文，直稱為「華舶」或「中式帆船」。

所以，那家餐館取名「金舫」，又英譯成Golden Junk，還算中規中矩。

〈青蛙是一隻還是多隻？〉讀後

自由副刊2009年12月23日林水福先生大作，勾起了我兩、三年前對此一俳句中譯的疑問，日本文學七竅通了六竅的我，想藉此機會請教林先生及方家。

我在拙譯《一生的讀書計劃》一書中把松尾芭蕉的這首俳句譯為「靜寂的古池／一隻青蛙跳進去／水聲噗咚咚」，所根據的是俳句的定義（一共三行，五、七、五，共十七個音），以及《一生的讀書計劃》的原作者在書中的英譯：Ancient silent pond/Then a frog jumped right in/Watersound: kerplunk。這個英譯也很合乎俳句三行十七音的規定。

後來在偶然的機會中讀到曉風先生的大作〈半升鐺內煮乾坤〉，文中引用謝鵬雄先生這首俳句的中譯：「寂寞古池躍青蛙　水有聲」，看起來並不是三行十七音，當時（約兩、三年前）曾煩請選修我的「一生的讀書計劃」一課的日語系女學生去問她系裡的老師有關這首俳句的中譯（好像是這樣，不是記得很清楚）。女學生給我的答案，我如今也已忘記。

現在讀到林先生的中譯「古池呀／青蛙跳入／水聲響」，是三行沒錯，但不是十七音，因此想起了這段往事，祈願林先生或其他先進有以教我。

中文流行説法的英譯

根據報載，台科大的黃玫君教授針對幾個中文流行説法提出了正確的英譯：1.「他愛講冷笑話」：he likes to make cheesy jokes或he likes to make lame jokes。2.「我們很麻吉」：we are real tight或we are very close。3.「他不是我的菜」：he is not my cup of tea或he is not my type。4.「他喜歡玩3p」：he likes threesomes。5.「他吃軟飯」：he sponges women。

又述棠先生根據《牛津英漢．漢英辭典》(Oxford Chinese Dictionary)也提供了一些中文流行語的英譯：1.「山寨」：knock-off。2.「惡搞」：parody。3.「牛」：awesome。4.「包二奶」：keep a mistress。5.「辣妹」：hot chick。6.「達人」：expert。其中3.的「牛」是形容詞，不是名詞，所以「好牛」不是「很好的牛」，而是「很

棒」的意思。Awesome一字的普通說法是「可怕」，
俚語是「很棒」的意思。

三種翻譯法，你認同哪一種？

周兆祥先生在所著的《翻譯初階》一書中把所謂的「翻譯」的分成6種，即1.逐字對譯，2.字面翻譯，3.語意翻譯，4.傳意翻譯，5.編譯，6.改寫。

我想，最好的翻譯方法應該是3.或4.。周先生把一句英文分別用3.語意翻譯、4.傳意翻譯和5.編譯三種方式翻譯。這句英文是「The woman jumped to her death」。三種翻譯如下：

語意翻譯：「該女人躍下身亡」

傳意翻譯：「婦人跳樓玉殞香消」

編譯：（1）「妙齡女郎跳樓尋死終償所願」

（2）「女子鬧市四十樓躍下返魂無術」

其中「編譯」的兩種翻譯真的像作文比賽，肆無忌憚地加油添醋。

「有理性的人」與「講理的人」

張系國先生在一篇名為〈失去了翻譯家〉的文章中，指出陳長文先生引用了蕭伯納的一句話：「有理性的人使自己適應周圍的世界，沒有理性的人硬要這個世界適應他，所以世界的進步皆取決於那些沒有理性的人」。張先生說，蕭伯納的這句話被譯錯了，因為「世界的進步」怎麼可能「皆取決於那些沒有理性的人」呢？

原來，譯蕭伯納這句話的人把原文中的reasonable（「講理的」）和unreasonable（「不講理的」），譯成「有理性的」和「沒有理性的」。總之，這句話應該譯成「講理的人接受現狀，不講理的人卻想改變現狀，所以世界的進步要靠不講理的人」。張先生進一步引申說：「通達情理的鄉愿接受現狀，不通達情理的傻子卻想改變現狀，所以世界的進步要靠不通達情理的傻子。」「講理的」和「不講理的」的英文「reasonable」和「unreasonable」，與「有理性的」和「沒有理性的」的英文「rational」和「irrational」，意思容易混淆，這也是翻譯難精但卻有挑戰性、甚至有趣的地方。

蕭伯納的原文是：「The reasonable man adapts himself to the world: the un-reasonable one persists in trying to adapt the world to himself. Therefore all progress depends on the unreasonable man。」

講道時要打破講壇嗎？

亨利・B・惠特利（Henry. B. Wheatly）在《文學的錯誤》一書中指出了很多文學上的翻譯錯誤。先舉兩個例子。

第一，他說《悲慘的世界》的作者雨果曾在翻譯英文為法文時把Frith of Forth（佛斯灣，位於蘇格蘭東南）譯成First of the Fourth（第四的第一），還堅持說他是對的。惠特利並趁機虧雨果說，雨果在一本紀念莎士比亞的作品中說，英王查理二世殺害弟弟格羅色斯特公爵，事實上格羅色斯特公爵是死於天花，所以雨果對英國歷史完全無知，把查理二世誤以為是較早前的另一位殺害侄子的格羅色斯特公爵（後來的理查三世），如此把一位兇手變為一位受害者。

第二，《蘇格蘭史》的作者羅伯遜曾在書中引用了《白鯨記》的作者梅爾維爾的《約翰・諾克斯傳》一書中的一段文章：「He was so active and rigorous a preacher that he was like to ding the pulpit into blads and fly out of it」。這兒的「He」就是傳主約翰·諾克斯，蘇格蘭的牧師、神學家與作家。整句英文的意思是：「諾克斯是一位很活躍又精力充沛的講道者，講道時像是要把講壇擊成碎片，從講壇飛出來」。結果，《蘇格蘭史》的法文譯者M. 坎培農（M. Campenon），把這段話譯成「他打破了講壇，跳進聽眾之中」。除了沒有把「was like」（像是要）譯出來之外，也把意思譯得太誇張了。

英國佈道家查爾斯·H·史波珍（Charles. H. Spurgeon）在一本著作中指出，講道者並不必要把講壇擊成碎片，因為這樣的話，他就沒有講壇可用了，他憑藉的是精神的力量來感動人心。

總之，法文譯者的坎培農也譯得太用力了。

聖經的兩句經文的翻譯

亨利·B·惠特利在《文學的錯誤》一書中也指出了聖經兩句經文的誤譯。

第一，一本阿拉伯文的聖經把馬太福音第七章第二節的「不要評斷人，上帝就不審判你們」譯成「不要對別人公正，不然別人會對你公正」，這顯然是講不通的。

第二，馬太福音第十九第二十四節的「有錢人要成為上帝的國的子民，比駱駝穿過針眼還要困難」中的「駱駱」是錯誤的，應該是「粗繩」。

看來，「粗繩」比「駱駝」合理，但我看到的資料說，在所有聖經希臘文的草稿中，用kamelon（駱駝）的次數比用kamilon（粗繩）的次數多很多，所以理應譯成「駱駝」。

又有人認為「針眼」應該是「小門」之誤，這樣才表示駱駝很難穿過，但大部份學者並不以為然。

詩意正義？

某報民國九十三年十月二十九日有一篇文章，名為〈魔咒破除之後〉，內容是有關美國職棒，第一段如下：

「當聖路易紅雀隊最後一名打者倫特利亞，成為終結紅襪魔咒最後的祭品之後，長達八十年的貝比魯斯魔咒終於畫下句點，多麼充分詩意正義的一個結局……」。

總之，作者認為紅襪隊長達八十年對紅雀隊的魔咒終於被破除，所謂的「充分詩意正義」，想必是「愜意的復仇」之意。問題是「詩意正義」是譯自英文的poetic justice，原意其實是「a result in which someone is punished or made to suffer for something bad they have done in a way that seems particularly suitable or right」，中文的意思是「惡有惡報」、「應得的懲罰」，所以直接譯

成「詩意正義」是欠妥的，何況作者又沒有用括弧。還有，紅襪隊是做了什麼壞事而至「惡有惡報」呢？

附帶一提，另一相似詞poetit licence應譯成「詩的破格」而不是「詩意執照」。

父親與兒子之間

莎士比亞的《威尼斯商人》中有一句話：「It is a wise father that knows his own child」，是從「It is a wise child that knows his own father」倒裝過來的，一般都認為是強調意味的肯定說法，應該譯成「只有聰明的父親才了解自己的兒子」，但錢歌川卻提出不同看法，認為應該是「任何聰明的父親都不見得完全知道自己的兒子的」。劉雲波譯成「再聰明的父親也未必了解自己的兒子」，就是接近錢歌川的譯法。這種結構的特色是It is後面有一個不定冠詞，並且很像格言，如以下幾則：

1. It is a good horse that never stumbles（好馬也會失蹄）。

2. It is a good wife that never grumbles（再好的妻子也會嘮叨）。

3. It is a bold mouse that nestles in

a cat's ear（再大膽的老鼠也不敢在貓耳朵裡做窩）。

但還是有人指出，根據莎士比亞的原文，是身為丑角的郎色羅特針對失明又正在尋找兒子的父親說話，而小丑的話語應該很刻薄，幾乎嘲諷自己的老爸不聰明，所以這句話應像梁實秋一樣譯成「聰明的父親才能認識他自己的兒子呢」，或者像朱生豪一樣譯成「只有聰明的父親才會知道他自己的兒子」，或者像方平一樣譯成「只有聰明的老子才能認得出自個兒的孩子」。

總之，這是一個有爭議性的句子。

梅花的英譯

讀到李學勇先生的〈梅花英譯趣談〉，說新聞局把梅花英譯成plum flower（李花），始作俑者為外國人翟爾斯（把它譯成plums、prunes），國內人士包括林語堂（把它譯成plum、prune）、劉達人（把它譯成A plum)。其實，「plum」「泛指與各種李子相近的植物，如櫻桃、桃子、杏子等」，而「prune」則「專指李子」。

又有人把梅花譯成「Japanese apricot」（日本杏），更有人以梅花原產中國，就稱之為「Chinese apricot」，李學勇先生認為這都是「張冠李戴」，他認為理應把梅花音譯成meihwa。有人認為可譯為日語的ume blossum，李先生也認為「不足取」。

我另外查了手邊五本漢英辭典，除了梁實秋編的那一本沒有梅花的英譯外，其他四本都譯為「plum flower」或「plum blossom」。看來，這些辭典要花一點時間整頓「梅花」的英譯了。

一首詩的三種中譯

讀到一首據說是由土耳其文英譯的詩如下：

I Am Afraid

You say that you love rain,

but you open your umbrella when it rains.

You say that you love the sun,

but you find a shadow spot when the sun shines.

You say that you love the wind,

but you close your windows when wind blows.

That is why I am afraid;

You say that you love me too.

「普通版」的翻譯如下：

「你說你喜歡雨，但是下雨的時候你卻撐開了傘；

你說你喜歡陽光，但當陽光播散的時候，你卻躲在陰涼之地；

你説你喜歡風，但清風撲面的時候，你卻關上了窗户。

我害怕你對我也是如此之愛。」

以下再提供「文藝版」和「詩經版」翻譯，博君一粲：

「文藝版」的翻譯：

「你説煙雨微芒，蘭亭遠望；後來輕攬婆娑，深遮霓裳。

你説春光爛漫，綠袖紅香；後來內掩西樓，靜立卿旁。

你説軟風輕拂，醉臥思量；後來緊掩門窗，漫帳成殤。

你説情絲柔賜，如何相忘；我卻眼波微轉，兀自成霜。」

「詩經版」的翻譯反而比「文藝版」的翻譯接近原義：

「子言慕雨，啓傘避之，子言好陽，尋蔭拒之。

子言喜風，闔户離之。子言偕老，吾所畏之。」

莎翁的性「喻」

(1)

研究莎士比亞戲劇中性暗示的作品不少，最近購得寶琳·奇爾南（Pauuline Kiernan）的《猥褻的莎士比亞》，他的第一個例子是《愛的徒勞》中第二幕第一景的一段對話：

比隆：在勃拉邦，我可是曾經跟你跳過舞？…
羅莎琳：把騎馬的摔進泥沼裡馬兒就停住了。（方平譯）

根據奇爾南的說法，這段對話中有性暗示，「勃拉邦」（Brabant）、「跳舞」、「騎馬的」等都有性「喻」成份。我從莎士比亞的三位譯者梁實秋、朱生豪和方平譯中看不出這一點，讀者或許可以自己去一探虛實。我也不知道中國人是否把「跳舞」隱喻為「做愛」，如果是，則可用「跳一曲森巴，生吧」去應徵內政部獎勵生育的標語。

(2)

莎士比亞的《冬天的故事》的第三幕第三景，描述牧人發現一個被遺棄的孩子，就說一定是女僕與人私通的產物，其中有一句原文：This has been some stair-work, some trunk-work, some behind-door work。根據奇爾南的說法，some behind-door work 是「貼牆快速『幹活』」的意思，梁實秋譯成「後門出出進進」，朱生豪譯成「後門」，方平譯成「躲在門背後」，都是望文生義的譯法。還有一句原文：They were warmer that got this than the poor thing is here，奇爾南認為「got」是（小孩）「受孕」，梁實秋譯為「生」，朱生豪譯為「生出」，方平譯為「幹出來的活兒」，看來方平的翻譯比較接近奇爾南的意思。

(3)

莎翁的《溫莎的風流婦人》第四幕第一景有一句話：「What is he, William, that does lend articles?」奇爾南認為，lend articles是「為『幹活』而彎身」，梁實秋譯為「出借冠詞」，朱生豪譯為「作冠詞用的詞」，方平譯為「『冠詞』是從什麼地方『借』出來的？」都無法達意。又原文中有一個字caret，奇爾南認為是carrot（胡蘿蔔），即「陰莖」，梁實秋譯為「是從缺的」朱生豪譯為「卡羅勃」，已接近胡蘿蔔，方平譯為「無」，但在註解中說「…這裡用了個拉丁文『caret』（無），聽來與英語中的『carrot』（胡蘿蔔）近似…」。

(4)

莎士比亞的第135首十四行詩中充滿性「喻」。梁實秋在譯註中說，此詩涉及性與男女性器官。原詩第一行中的wish，奇爾南認為是「性慾」，梁實秋譯為「慾望」，朱生豪譯為「心慾」，方平譯為「心願」。同樣第一行中的Will以及以後幾行的Will，奇爾南認為有「威廉」（莎士比亞）、「男性性器官」、「女性性器官」之意，梁實秋除了在「譯註」的說明外，把它們譯為「威廉」、「慾火情燄」、「慾壑」，或者避而不譯。朱生豪則把第一個Will譯成「意欲」，然後在譯註中說明：「……Will可做數解：1)意志；2)欲望；3)男性陽具；4)女性陰道；5)威廉・莎士比亞的威廉（William）的昵稱，並把這些will譯成「欲」、「欲火」、「欲池」、「欲界」、「意欲」，是有點暗示性器官。方平則把這些will譯成「主意」、「意向」、「意願」、「意念」、「意圖」，似乎較沒有呼應奇爾南的看法。

(5)

莎士比亞的《馴悍記》第四幕第三景中，皮圖秋與喀特琳娜的對話中涉及女性性器官的暗喻。

原文中，皮圖秋說，Lay forth the gown……（原意是「把衣服展示出來」），奇爾南認為是「展示妳的性器」。梁實秋譯為「把袍子抖了出來」，朱生豪譯為「讓我我們瞧瞧你做的衣服」，方平譯為「讓我們瞧瞧你那些漂亮的衣服」，依然沒有譯出莎翁的性「喻」。喀特琳娜說了一句話：「I never saw a better fashioned gown, / More quaint, more pleasing, nor more commendable」。奇爾南認為其中的fashioned有「激起男性性高潮」之意，而quaint（原意為「古雅」）有「女陰」的暗示。梁實秋把「better fashioned」譯為「式樣更好」，把quaint譯為「美麗」，朱生豪把「better fashioned」譯為「更時髦」，把quaint等三個形容詞則用「漂亮」帶過。方平把「better fashioned」譯為「式樣這麼好」，把quaint譯為「雅緻」。

(6)

在《李爾王》第四幕第六景的一句話中李爾王談到一些假正經的女人，說她們下半身是「Centaurs」。這個字本來是「半人半馬的妖怪」，奇爾南認為應是「與野獸私通的的怪物」，梁實秋譯為「半人半馬的妖怪」，朱生豪譯成「淫蕩的妖怪」，也許比較接近，方平譯為「狐狸精」，也算達意。還有一句話中有pit（深淵）一字，奇爾南認為是「女陰」，梁實秋譯為「窟」，朱生豪譯為「火坑」，方平也譯為「火坑」。又下一行有連續的「fie」，「fie」，「fie」三字，奇爾南認為是「屎，屎，屎」之意，梁實秋譯為「噫，噫，噫」，朱生豪譯為「啐，啐，啐」，方平也譯為「啐，啐，啐」，後兩者較接近。

(7)

在《第十二夜》中，莎士比亞描述富家小姐的管家夢想與小姐結婚，所以言語中隱含性的暗示。其中有一段，管家拿起一封信，說道：「By my life, this is my lady's hand. These be her very c's, her u's and her t's, and thus makes she the her great p's. It is in contempt of guestion her hand」。奇爾南認為其中的c's、u's、and t's，綴成cunt（女陰），p's指piss（尿），而hand有「手跡」和「手」的雙關作用，暗示「手淫的手」。三位譯者都是把c's、u's、and t's，以及p's直譯出來，而梁實秋把「her hand」譯成「她的親筆」，朱生豪譯成「她寫的」，方平譯成「她的筆跡」，都未能像奇爾南一樣一窺莎士比亞的堂奧。

(8)

《哈姆雷特》第三幕第二景，皇后要哈姆雷特坐在她身邊，但他選擇坐在情人奧菲里亞身旁，並說道，「Lady, shall I lie in your lap?」、

「I mean my head upon your lap?」、「That's a fair thought to lie between maid's lags」。奇爾南認為這兩個lie都是指「性交」，lap是指「女陰」，head是指男人性器的頭，梁實秋把兩個lie譯成「躺在」和「躺到」，把lap譯成「大腿襠」和「大腿」，把head譯成「頭」。朱生豪把兩個lie譯成「睡在」，把lap譯成「懷」和「膝」，把head譯成「頭」。方平把兩個lie都譯成「躺在」，把lap譯成「腿」，把head譯成「頭」。三人都沒有把lie和lap的隱喻譯出來。

奧菲里亞後來回答說，「You are merry, my lord」。根據奇爾南的說法，merry是「好色」之意，梁實秋譯為「很高興」，朱生豪譯為「在開玩笑」，方平譯為「很會開玩笑」，都無法與lie和lap的隱藏意思搭配。

(9)

莎翁的長詩《露克利斯》從四〇七行到四一七行，都富含性的暗示，因為描述的是一個女人的乳房。就以最後兩行為例：「What he beheld, on that he firmly doted, / And in his will his wilful eye he tired」。奇爾南認為firmly是指「男性之器官充分勃起」，doted意指「性交」，will暗指「色欲」，wilful暗喻「淫蕩」，eye則意指「陰莖」。

梁實秋把這兩行譯成「他見到的，他就喜愛不已，／就用貪饞的眼睛去看個夠」。朱生豪則譯為「他見一處便不禁地迷戀著一處，／用他那淫邪的目光恣意地看個不已」，其中「淫邪地」有點接近奇爾南對wilful一字的解釋。方平把這兩行譯為「面對眼前的景像，他屏息注目，／那雙貪饞的眼睛凝視得發酸。」總之，尤其是「firmly doted」和「eye」三人都沒有譯出奇爾南心目中的意涵。

(10)

莎士比亞《亨利四世上篇》第二幕第三景有一段波西夫人與綽號「霹靂火」的男人之間的對話。波西夫人說「霹靂火」是「mad-head ape」，原意是「發瘋的猴子」，奇爾南認為莎翁是暗指「好色的陰莖頭」。梁實秋譯為「瘋瘋癲癲的猴子」，朱生豪譯為「頭腦發瘋的猴子」，吳興華譯、方平校的版本也譯為「瘋瘋癲癲的猴子」。

「霹靂火」的回答中有一句「……to play with maumets and to tilt with lips」。奇爾南認為「maumets」是「乳房」之意，「tilt」是「塞進」之意，「lips」是「陰唇」之意。梁實秋把「to play maumets and to tilt with lips」譯為「和傀儡逗笑親嘴」，朱生豪譯為「玩布娃、吵嘴鬥氣」，吳興華譯、方平校的版本則譯為「玩娃娃和擁抱親嘴」，似乎都不熟悉莎士比亞使用這些文字的箇中三昧。

(11)

莎士比亞的另一長詩「維諾斯與阿都尼斯」中的第235行到238行，透露女性恥毛等暗喻。奇爾南認為第236行的「bottom-grass」（「長在低地的草」）有「女性恥毛」之意，「plain」（「平原」）有（「陰門」）之意，第237行的「hillocks」（「小丘」）有「屁股」之意」，brakes（「矮叢」）有「女性恥毛」之意。梁實秋分別把它們譯為「谿谷裡的芳草」（加上「bottom-grass」前的「sweet」一起譯）、「平地」、「小丘」、「小樹」。朱生豪分別譯為「芳草萋萋的幽谷」（也是加上前面的「sweet」一起譯）、「高原」、「丘陵」和「草莽」。方平則分別譯為「幽谷裡的芳草」（也把「sweeet」一起譯出）、「高原區」、「小丘」和「枝葉」。雖然讀者也許可以很容易交用想像力悟出其中的暗喻，但是如果用「譯註」來說明會較好。

竄譯

讀到一篇譯評，說某譯者在譯紐馬克的《翻譯教程》時，把「作者序」一句簡單的「I am somewhat of a‘literalist’, because I am for trust and accuracy」中的「because」（因為），譯成「但是」，顯然不是因為疏忽，而是譯者不喜歡作者說自己是「直譯派」，強行把「因為」竄改成「但是」，表示譯者自己的見解與原作者相左。可是如果原作者承認自己是「直譯派」，譯者又不情願認同，強暴了原文，那又如何能跟以後的譯文一貫？

關於「竄譯」還有一個例子，就是溫洽溢在譯史景遷的《雍正王朝之大義覺迷》一書時，把岳飛的「reckless」「魯莽衝動」譯成「一片忠心照丹青」，這種竄譯也許是因為意識形態在作祟。

看錯誤的譯本，有時不失為一種消遣？

由於劣譯、誤譯充斥，最近讀李連江先生的〈看不懂就是譯錯了〉中的一段文章，覺得很有意思，特提供讀者參考：

「話說回來，拙劣的翻譯也不是全無用處。錢鍾書先生說：『一個人能讀原文以後，再來看錯誤的譯本，有時候不失為一種消遣，還可以方便地增長自我優越的快感。一位文學史家曾說，譯本愈糟糕愈有趣，我們對照著原本，看翻譯者如何異想天開，把胡猜亂測來填補理解上的空白，無中生有，指鹿為馬，簡直像「超現實主義」詩人的作風。』拙劣的翻譯還有更積極的作用，它能刺激不甘心上當受騙的讀者下功夫學外語。」

原來，並不是每件壞事都會讓人感覺不舒服。有謂「人病醫生喜」，差可比擬？

一首小詩竟有八種翻譯

英國作家蘭道（Walter Savage Landor）有一首小詩〈生與死〉，原文如下：

I strove with none / for none was worth my strife; / Nature I loved, and next to Nature, Art; / I warm'd both hands before the fire of Life; / It sinks / I am ready to depart。

我讀到八種譯文，猗歟盛哉。第一種譯文不知譯者是誰：

「和誰都不爭，已在無意中；喜愛大自然，其次藝術情；唯有生命火，雙手暖正紅；一旦火漸熄，我即起身行。」

第二種譯文的譯者是楊絳。

「我和誰都不爭，和誰爭我都不屑；我愛大自然，其次就是藝術；我雙手烤著，生命之火取暖；火萎了，我也準備走了。」

第三種譯文的譯者是李霽野：

「我不和人爭鬥，因為沒有人值得我爭鬥。我愛自然，其次我愛藝術；我在生命的火前，溫暖我的雙手；一旦生命的火消沉，我願悄然長逝。」

第四種為綠野所譯：

「我不與人爭，勝負均不值，我愛大自然，藝術在其次。以生命之火烘我手，它一熄，我起身就走。」

第五種「應該」是周煦良所譯：

「我不與人爭，沒有人值得我與之爭；我愛自然，其次愛的是藝術；我向生命之火伸雙手取暖；火快燒殘了，我也準備離去。」

第六種譯文的譯者是鄭三哥：

「無意與相爭，萬事皆隨風。自然心歡喜，藝術愛一生。雙手生命火，周身暖意增。烈焰慢慢滅，去意漸漸升。」

第七種由白牛牧雪譯出：

「我不爭，輸了贏了都沒有意義。我崇拜大自然，也崇拜藝術，我用一生去感受生命火一般溫暖。火滅了，我就走了。」

第八種譯者為「生為初陌」：

「我不與任何人爭
沒有什麼值得我爭
我愛自然界
緊觸自然的藝術
我手上的暖和熱
來自生命之火
它漸弱時
正如我悄悄的告別」

一般認為，第二種楊絳的譯文最好。第六種太意譯，第七、八都不太忠實。

打擊的一代？

現在，「Beat Generation」不譯成「打擊的一代」，已經幾乎是一種常識了，但是我曾經在電視上看到一位很有名的名嘴還是把它說成「打擊的一代」，還做出一個打擊的手勢。現今一般人都將此詞譯成「垮掉的一代」、「痞子的一代」、「搜索的一代」或「披頭族」。那麼，「披頭族」與「披頭四」是有所關嗎？在這兒順便談一下。其實「披頭四」本來不叫「the Beatles」，他們先是叫「the Beatals」，後又改為「the Silver Beetles」（銀色甲蟲），後又改為「the Silver Beatles」（銀色披頭），最近才定名為「the Beatles」，約翰·藍儂還不承認這個名字背後有什麼意義。不過據資料顯示，「披頭四」和「披頭族」還是有一定關聯，這兒不便多談，只要記得，以後不要再把「Beat Generation」譯成「打擊的一代」。

怎麼會是要啤酒？

在毛榮貴與廖晟編著的《譯諧譯趣》中看到一則有趣的英文及翻譯。

英文是：The professor raped on his desk and shouted: “Gentlemen, order!” The entire class yelled: “Bear!”

大意是說，教授拍桌子，大聲說，「守秩序！」學生卻一起叫說，「啤酒！」原來，「order」除了「守秩序」，之外，也有「點食物」之意，學生故意曲解其意，說要點啤酒。此書說，這兩個句子有人譯成：「教授：年輕人，你們吆喝（要喝）什麼？學生：啤酒。」雙關語能夠譯到這個程度，確實不容易，但我也想到一個也許次佳的翻譯，「教授：年輕人，安靜點！學生：點啤酒！」

三則有趣的英文告示

《譯諧譯趣》中列舉了一些用錯英文的告示牌，其中三則如下：

1.義大利某服裝店貼了一張醒目的英文廣告：「Dress for Street Walking」，殊不知，這則廣告意在表示「適合女子上街穿的衣服」（street dress），譯成中文竟然會是「妓女服裝」，因為street-walking有「妓女」的含意。

2.捷克某個城市的一則廣告寫著：「乘坐遊覽馬車觀光本城，保證不會發生流產（miscarriage）。」原來carriage雖有馬車之意，但加上mis並不表示「不翻車」、「車出事」，只能譯成「流產」。

3.巴塞隆納有一家醫院，為了維護病房安靜，規定每個住院病人一次只允許接見兩名探病的人，時間不得超過半小時，可是最後的「探病須知」內容譯成中文卻變成：「一張床限兩人，一次僅半小時」，很具「性」暗示。

都是小草惹的禍？

有一則告示牌的中文是：「小草有生命，請腳下留情」，所附的英文是「I like your smile, but unlike you put your shoes on my face」，回譯成中文應該是「我喜歡你的微笑，但不喜歡你把你的鞋子放在我的臉上」，不但意思差一大截，並且文法也不通：「unlike」是「不像」，不是「不喜歡」，「不喜歡」是「dislike」，但就算改成「dislike」，「dislike your put your shoes on my face」也不對；「dislike」不是使役動詞，後面接動詞時不能省「to」。

最有趣的是以下這一則。

「小草休息，請勿打攪」，英文是：

「Do Not Disturb

Tiny Grass is Dreaming」

根據維克多·邁爾（Victor Mair）的說法，

中文並非原始的中文，可能製作告示牌的人先用英文寫，然後再倒譯成中文，因為中文「休扈」和「扛攪」都無法翻譯，它們沒有任何意義，也跟「dreaming」（做夢）沒有關係。

製作告示牌的人意思應該是「小草修護，請勿打擾」，結果「修護」變成「休扈」（休息的隨扈），「打擾」變成「扛攪」（把攪扛起來）。維克多·邁爾認為，「修護」之所以變成「休扈」，是因為從英文倒譯成中文時，「休」與「修」同音，「扈」與「護」又同音。至於第二個錯誤則是匆匆忙忙又心不在焉犯的錯，因為「扛」形似「打」，「攪」形似「擾」。

維克多·邁爾也認為，英文的「dreaming」（做夢）不自然，不如用「resting」（休息）或其他有詩意的措詞。

來幾則「爆」譯

中國大陸有家餐廳把「香蔥爆牛柳」英譯為「the fragrant spring onion explodes the cow」，倒譯為中文變成「香蔥爆炸母牛」。又有一家餐廳把「乾爆鴨子」英譯成為「fuck the duck until exploded」，除了也把「爆」譯為「exploded」之外，竟把「乾」譯成「fuck」，也許因為「乾」的發音類似「幹」。這種把「乾」譯成「fuck」的情況似乎有傳染性，例如有家商店的「乾果區」譯為「fuck the fruit area」，又有一則標示「乾貨計價處」的英譯是「fuck the certain price of goods」，且其中的「the certain price of goods」不知所云。

最「勁爆」的一則翻譯是，一隻狗身上綁著一條布，上面寫著「搜爆犬」，加上英文「explosive dog」，於是「搜索爆炸物的狗」變成了「會爆炸的狗」，有誰敢接近呢？

洗手間的英譯標示趣事多

中國大陸洗手間標示的錯誤英譯可說不勝枚舉：

1.「殘障者廁所」譯成「Deformed Man Toilet」，意思是「畸形人的廁所」，其實殘障者應該用「disabled」或「haudicapped」。

2.「此洗手間已壞，請停止使用」譯成「This toilet has been bad please stop using」，其實此「壞」非彼「壞」。另一個「洗手間故障」的翻譯是「Bathroom useless」，洗手間怎麼會useless（沒有用）呢？想必是把「不能用」譯成「沒有用」了。

3.「使用後請沖水」竟然譯成「Use The Queen To Invite Powerful Water」。原來，中文「後」的簡體字是「后」，怪不得？

4.「公共旅遊衛生間」譯成「Public Toilet Tourism」），意思是「公廁旅遊」。

5.「文明方便清新自然」譯成了「You can enjoy fresh air after finishing a civilized urinating」，意思是「在完成文明的小便後」，你可以享受清新空氣」。

6.有一個洗手間的英文標示是這樣的：

Men

←

to the left

because

Women

→

Are always right

這則翻譯讓人啼笑皆非，也讓人嘖嘖稱奇。原意是「男人的洗手間在左邊，因為女人的洗手間總是在右邊」，很有趣。如果把這句英文譯成「男人的洗手間在左邊，因為女人總是正確的」，則更有趣，不知譯者是否有意使用「right」的雙關語意？

食物的英譯是那麼不堪

我們知道食物中的「豬手」就是豬腳的意思。中國大陸有一家餐廳把「醬豬腳」譯成「Sauce pig hand」，實在很離譜，更離譜的是，有一家餐廳把「德式豬鹹豬手」譯成「German type sexual herassment」變成了「德式性騷擾」，原來把這兒的「鹹豬手」想成性騷擾的「那隻鹹豬手」了。

還有一則食物的英譯更離奇，把「熱狗多拿滋」譯成「Hot dog and Aids」。「多拿滋」應該是「甜甜圈」，怎麼變成Aids？難不成譯者看走眼，只因有一個「滋」字就譯成「愛滋病」。還有一個可能（但機率很低）：譯者以為是「熱狗」「多拿」「滋」，就把「多拿」譯成「and」，把「滋」譯Aids？

再來幾則有趣的英文誤譯

中國大陸有一則食品廣告的英譯是這樣的：「Taste like Grandma」，相當於中文的食物「有祖母／外婆的味道」，但是從英文來看卻是「味道像在吃祖母／外婆」，這樣未免太殘忍，所以應該譯成「Taste like food prepared by Grandma」（吃起來像祖母／外婆煮的東西）。

有一則「私家重地」的告示牌被譯成「private parts」。拜託，private parts是指男女的私處，差很多呢！

另有一則「脫衣禁止」的告示被譯成「I undress myself and prohibit it」，倒譯為中文變成「我脫衣，並禁止它」什麼是什麼啊！

還有有兩則有關「偷竊」的告示的英譯。第一則是「一旦失竊要報警，切莫姑息又養奸」，英譯是「If you are stolen, call the police at once」，變成「如果你被偷，立刻報警」，意思是人被偷走，不是東西被偷走。中文中的「姑息又養奸」似乎多餘，英文也沒有譯出來。第二則是「扒手要法辦」英譯是「shoplifters will be prostituted」，莫名其妙，怎麼會是「扒手要淪為娼妓」呢？原來譯者把prosecuted（法辦）誤會成prostituted（淪為娼妓）了，因為這兩個字太相似了。

飛機場和火車上的英文誤譯

在中國大陸的一個飛機場中，有一則告示針對汽車司機，「Please confirm your car is licked」譯為中文是「確定你的車子被舔過」。你一定會認為，車子洗過就夠了，還要舐過嗎？何況飛機場也不會關心你的車子洗不洗的問題。原來是把「locked」（鎖起來）誤拼為「licked」。

又另一處中國大陸的飛機場把行李托運稱之為「luggage disembowel」，譯為中文是「行李開腸剖肚」。為了安全起見，最好是保住你的內臟，自己手提比較好。

中國大陸一列火車的洗手間用英文告訴旅客說，「Do not use toilet while train is in stable」，譯成中文變成「火車在馬廄的時候，請不要使用洗手間」。火車既然佔了馬廄，那麼馬要到哪裡去呢？原來，「stable」還有「穩定」的意思，但「穩定」也不達意，應該是指火車停止行駛的時候吧。

非英語國家的英語誤譯

英語誤譯並非中國大陸或台灣的專利，非英語國家也會有這種情況出現。

在印度的一條繁忙道路上有一則吸睛的英文告示：「Go slow--accident porn area」，譯成中文是「事故色情區，請慢行」，原來「porn」是「prone」（容易有）之誤，所以正確意思應是「容易發生事故區，請慢行」。

希臘的一條道路上有一則告示牌用英文寫著：「parking is for bitten along the costal road」譯成中文是：「海岸公路停車會被咬」。還得了，原來希臘人把「forbidden」（被禁止）一字分成兩字，且又拼錯。

印度的一處海灘有一則英文告示牌：「Everyone loves a clean bitch! Please do not litter」，顯然把「海灘」（beach）誤譯成bitch（母狗），兩

句英文的意思竟然變成「每個人都愛乾淨的母狗！請不要亂丟垃圾」。

德國慕尼黑一家賣巴伐利亞啤酒杯的店，在告示牌中用英文寫著：「We sell beer stains」（我們賣啤酒染劑），我們懷疑是否有這種行業。原來告示牌把steins（啤酒杯）誤寫成stains了。

杜拜的一家裁縫店把「The In Trend」（正當流行）縮寫成TiT（乳頭），繫在衣服的標籤上，會不會有妨害風化之嫌啊！

捷克的一家飯店提供「Horses douvres」，譯成中文是「馬兒餐前點心」。馬會有這樣享受嗎？原來飯店把法文的「hors d'oeuvre」（餐前點心）的第一個字拼錯了。

希臘一家餐館的傳統餐盤也許打破太多，所以用了一種不尋常的替代品：「Fish on the eyelid」，因為這句英語譯成中文是「魚盛在眼瞼上」。我猜想這是一道菜的名字「魚的眼瞼」的誤譯。

哈薩克的一家旅館有一個「應該」是溫馨提醒，是這樣的：「There is a bowel of fruit in each room」（「每個房間都有一腸子水果」）。有這種名堂的水果嗎？「bowel」（腸子）顯然是「bowl」（碗）之誤。

安提瓜島一處旅遊勝地的園林綠化工人顯然有問題，因為裡面有一則告示說：「Our gardeners work delinqently」。譯成中文是「我們的園丁工作懈怠」。不會吧，顯然譯者把「diligently」（勤奮地）誤寫成「delinquently」了。

法國普羅旺斯一家運動鞋店店名的英文是「Athlete's Feet」，本意是「運動家的腳」，殊不知它其實是「香港腳」之意。

美國人也有用錯英語的時候

美國人一家服裝店推出了如下標示：「Wonderful bargains for men with 16 and 17 necks」，譯成中文是「適合16和17個頸子的男人的很棒便宜貨」，其實是「適合16和17頸圈的男人的很棒便宜貨」，英文應該在16和17前加一個「size」。

美國肯塔基州一家商店貼出這樣的標示：「Don't kill your wife. Let our washing machines do the dirty work」，意思是說，「不要折磨死你的妻子，讓我們的洗衣機做洗衣的骯髒的工作」，但問題是，dirty work在英文中有「卑鄙的工作」之意，在這兒恐怕不能意指洗衣這件骯髒的工作。我曾請教系裡一位以前的美國同事，他說，這句話是雙關語，同時指洗衣和殺害妻子，我想不對啊，哪有洗衣機會強調它有殺害妻子（或折磨妻子）的功能？何況句子一開頭就說「Don't kill your wife」。

還有幾則中國大陸有關食物的英語誤譯

民以食為天，食物的推銷也相當重要，因此食物方面的英語誤譯層出不窮。

1. 一則廣告「不吃不知道，吃了忘不掉，吃了還想吃」的英譯是「Do not eat do not know. Eat forget. Still want to eat eat」。看來不是機器翻譯，因為機器不會把「吃了忘不掉」譯成相反的「Eat forget」（吃忘）。
2. 緊鄰前一則的另一則類似食物廣告「第一次不買怨你。第二次不買怨我」，被譯成「Do not blame you first buy. Blame me not to buy second」，看不也不是機器翻譯，機器不會譯得這麼糟。
3. 再一則有關食物的告示「請勿食用外帶食物」，是譯成「Please don't be edible external

girdle food」，把動詞的「帶」譯成名詞的「帶」（子），有可能是機器翻譯。

4. 有兩種食物「四喜烤夫」和「洋芋螃蟹」分別被譯成「sixi roasted husband」和「potato the crap」。第一則竟然烤起丈「夫」，太殘忍了，第二則的英譯變成「芋大便」，太噁心了，原來把「螃蟹」的英文crab譯寫成「大便」英文crap了。

以上是有關「食」的英文誤譯，現在再附贈一則「衣」、一則「住」和一則「樂」的英文誤譯。

5. 一則「小心衣物夾入」的告示譯為「Be careful clothes sandwitch」，回譯成中文是「小心衣服三明治」，當然英文很有問題。
6. 一則建屋工地的告示「施工中，不准使用」被譯為英文的「Erection in progress」。

「Erection」固然有「建築物」、「大廈」之意，但也有「陰莖勃起」之意。「施工」應該用「construction」來譯比較適當。

7. 一則有關觀光的告示「險區觀景注意安全」，被譯成「BEWARE OF MISSING FOOT」，回譯成中文是「小心你那隻不見了的腳」。我想譯者心目中的「MISSING FOOT」是「失足」之意。

把一則名言譯得很可笑

中國大陸某地區有一則標示，引用亞里斯多德的名言，但所附的英文卻離名言的美意太遠了：

「真正的美德不可沒有實用的智慧，而實用的智慧不可沒有美德」。

所附的英譯是「True virtue is not without practical wisdom, and practical wisdom must not be without the United States and Germany」，除了意思與原文不合（甚至相反）之外，第一次的「美德」譯成「virtue」，第二次卻譯成「美國與德國」，令人啼笑皆非，機器會這樣譯嗎？

泰戈爾與馮唐

有印度「詩聖」、「詩祖」美譽的泰戈爾，詩集先後有鄭振鐸、冰心、徐翰林的翻譯，但到了2015年卻「橫空跳出了個馮唐」。根據馮唐的說法，「翻譯應該更『有我』一些……在翻譯《飛鳥集》的過程中，我沒有百分之百尊重原文，但我覺得我有自由平衡信、達、雅。人生事貴快意，何況譯詩？」因此他把1.「The great earth makes herself hospitable with the help of the grass」譯成，「有了綠草，大地變得挺騷」，把2.「O Troupe of little vagrants of the world, leave your footprints in my words」譯成「現世裡孤孤單單的小混蛋啊，混到我的文字裡留下你們的痕跡吧」，把3.「The world puts off its masks of vastness to its lover. It becomes small as one Song, as one kiss of the eternal」譯成「大千世界在情人面前解開褲襠，綿長如舌吻，纖細如詩行」。

就1.而言，「hospitable」離「挺騷」豈止一萬八千里。就2.而言，「vagrants」與「小混蛋」相差不可以道里計。就3.而言，「masks」與「褲襠」豈可相比擬？怪不得有人批評馮唐「滿腔的荷爾蒙，成篇的文痞氣」，用詞「粗鄙、低俗與生猛」。

我的看法是，第一，翻譯不能「有我」，這幾乎是共識，馮唐則認為「翻譯應該更『有我』一些」。其實，「有我」也比「無我」容易多了。第二，馮唐說，「人生事貴快意，何況譯詩？」其實，「快意」用在男女性關係上都不見得通，用在翻譯上，你快意，他（原作者）就會有被強暴的不快意。市面上有一種電子英漢字典叫「快譯通」，我要說，快譯和快意在翻譯上都不通。

美國電視影集及電影翻譯錯誤

（1）

在網路上讀到王麗莎150頁的「美國電視影集及電影翻譯錯誤」（以下簡稱「美誤」），深覺有趣，擷取精華分三次與讀者分享。

1. 「politician」一字在我常用的英漢字典中是譯成「從政者」或「政客」，與「statesman」（政治家）有所區別，其實就像「美誤」所指，譯成「政治人物」比較妥當。
2. 「Get drunk for a change」被誤譯為喝醉是「為了轉換心情」，其實本意是「平常沒有醉，這次來改變一下，要喝醉」，或如「美誤」所說「一反常態地（故意喝醉）」。
3. 「美誤」指出，有一部1950年代的韓戰記錄片，把韓國首都Seoul譯成首爾，其實那時候還叫漢城。同樣的，有一部以1920、30年代為背景的

《經典老爺車》，把copy譯成「影印本」，其實那時還沒有影印技術，故應譯成「複寫的謄本」。

4. 「美誤」指出，《新飛越情海》這部片子把「pick-up line」譯成「金玉良言」，其實是「搭訕不認識的女生時的『台詞』街語」。

5. 在《火線重案組》這部影集中，「College kids ain't shit」這句話的本意是「大學生算什麼東西」，結果被譯成「大學生萬歲」，很離譜。

6. 「美誤」指出《怪醫豪斯》一片中有一句話「She grows on me」被譯成「她長在我身上」，其實應該是「我漸漸習慣她，喜歡她」，真是天差地別。

7. 「baby formula」（「嬰兒奶粉」），被譯成「處方」，整形醫生用的「15號手術刀」（「15」）被譯成「15度」。

8. 《危機倒數》中把「game face」（「比賽中應有

的態度」）譯成「頭盔」。

9. 接力翻譯會出現情況，例如，前幾個小時「turn tricks」譯成「（妓女）接客」，到了下一集，譯者換人，就把「turn tricks」譯成「靈活變通」。

10. 在HBO自製影集《我家也有大明星》中，「American Football」（「美式足球」）被譯成「橄欖球」），實在不應該。

11. 在李屏賓的《乘著光影去旅行》中，「伊能靜」這個名字在字幕中以英文「I-nanging」出現，其實「伊能靜是日本姓氏『伊能』加上單字『靜』，並非姓伊名能靜」，就像把「金城武」誤會成姓「金」，名「城武」，而把它譯成英文的「Kim Cheng wu」，事實上他姓日本的姓「金城」單名「武」。

12. 《慾望城市》中的「Sheikh Khalid」應該是「卡利德酋長」，但在銀幕上出現的是卻是「希克卡利」。「美誤」還舉了另外三個例子：「主教」（bishop）被譯成「畢夏普」；「警長」（marshal）被譯成「馬歇爾」；猶太教（牧）師（rabbi）被譯成「拉比」（「其中的「i」應唸成「愛」音」

（2）

承接前面「美誤」，再列舉一些美國電視影集及電影翻譯錯誤如下：

1. 《CSI犯罪現場》中有一句話英文「I didn't make 8 million dollars because I kill people」被譯成「他賺了大錢，因為他殺了人」這在邏輯上是不通的。英文的否定句加because翻譯時要注意，通常的意思是「不會因為而……」，所以這句英文的意思是「我不會因為殺人而賺入八百萬」，也就是「美誤」所說的，「要是我殺人，怎麼可能去年賺八百萬」。

2. 《驚爆不惡城》有兩個英文字「well-known killer」，中文字幕變成「令人醒目的殺手」，譯者想太多了。
3. 《偷天任務》中有一句英文「I'm not at liberty to say」，中文翻譯是「我沒空跟妳說」，其實，英文的at libery意思是「獲得准許」或「有權」，所以這句話正如「美誤」所說的，應該譯成「我沒有權利說」或「人家不准我說」。
4. 《超世紀封神榜》中有一句「You reek of your father」，被譯成「你跟你父親一模一樣」，其實「reek」是「有臭味」的意思，所以這句話應譯為「你有你父親的臭味」，或如「美誤」所建議的，「你跟你父親一樣臭」。
5. 《金權遊戲》中有一幕，女主角到金主辦公室，金主問她要不要喝一杯，她不想在這麼早的白天喝酒，就以女性的身份自嘲，說自己有vagina（「陰道」），表示自己是女性，此時金主接話說，「I'll have one myself」（「那麼我自己喝一杯好了」），但中文字幕卻出現「我也想裝一個陰道」。

6. 《金權遊戲》中另有一句英文「When shit hits the fans」，本意是「大禍臨頭」或「關鍵時刻」，但竟然被譯成「粉絲很喜歡」，忽視了關鍵字shit（屎、糞），只顧hit和fans，且把本意為「電扇」的fans譯成「粉絲」。根據「美誤」的說法「『當大便打到運轉中的風扇』會是什麼情形……，所以用來形容當大禍／關鍵時刻來臨。」

7. 根據「美誤」的說法，某些錯誤的電視電影中文字幕翻譯，把「right on the money」譯成「你給的錢數對了」，其實應是「你說對了」、「你完全猜對了」。根據「美誤」的解釋，「因為他們常常賭過個事、賭那個事，賭的時候……即便不是賭錢，也沿用『money』的比喻講法。」

8. 《緣來還是你》中，女主角上網找男友，萬一碰到一個「seal clubber」怎麼辦？這兩個字本意是「用棍子打死海豹以取得海豹皮的人」，指「殘忍的人類」，但卻被譯成「海豹隊員」。
9. 同樣在《緣來還是你》中，男主角利用關係把車停在「preferred parking space」，即「優先車位」，如「殘障車位」，但銀幕上出現的是「（我）『情願』停車」。
10. 《怪醫豪斯》中有句英文對白「You betray her confidence」，譯者把它譯成「你辜負了她的信任」。「Betray」是有「辜負」的意思，如「betray a trust」（「辜負了信任」），但這兒的意思是「你洩露了她的秘密」。
11. 《玩命關頭4》中有一句英文「I would like to get to know the rank and file」，被逐字譯成「我想認識你們的階級和檔案」，殊不知「rank and file」是片語，意思是「各個階層」，也就是「每個人」，所以誠如「美誤」所言，這句話的意思是「我想認識你們每個人」。

12.《Generation kill》有一句話「I hate to break it to you」被譯錯了，應該是「我不忍心告訴你實話」，不是「我不想打擊你」。譯者不知道「break」也有「透露事情」的意思。

(3)

承續前面「美誤」再提供幾則美國電視影集及電影翻譯錯誤：

1. 在《美味關係》一片中，一個寫食譜的老太太說，當初出這本書不但沒有賺到稿費，反而是自己出三千塊美金，拜託書商出版。她說，三千塊美金是一筆small fortune，即「不小的錢」，但卻被譯成「只是一筆小錢」，意思正巧相反。
2. 譯《現代時空》一片字幕的人，可能對於料理和烹飪不擅長，把「Baked Alaska」譯成「烤阿拉

斯加」，違反常識，應該是「火燒冰淇淋」。

3. 「美誤」也談到新聞編譯的錯誤，例如把歐巴馬的口頭禪「We（或You）are fired up」和「And ready to go」的兩段式口頭禪的前半句譯成「都被開除」，以為「fired up」是fired（開除），其實是「火箭已經點火，即將升空（ready to go）」，即「蓄勢待發」。最嚴重的是，中央社曾把太空梭升空（blast off）譯成「太空梭爆炸」，開玩笑！blast用在火災場可指「爆炸」，但加上off就是「點火上升」。
4. 《數字搜查錄》中有一位菜鳥探員，同事稱他為「newbie」（新人），結果卻被視為人名，譯成「紐畢」。
5. 史蒂芬金小說改編的《噩夢工廠》中，黑人對同夥說，「I didn't believe you the first time」意思是說「你第一次告訴我時，我就沒有相信你」，「the first time」是副詞，但卻被譯成「我不相信這是你的第一次」，把the first time當成名詞。還有，男主角把女主角「fuck her brains off」，被譯成了「把她弄得頭腦糊塗」，而不是「把她搞得欲仙欲死」。

6. 《Generation kill》中，男的説，經過一番槍林彈雨，他興奮到有「woodie」。這兒的「woodie」應該是「有生理反應」或「勃起」，但譯者卻顧名思義，譯成「木頭人」。
7. 《決戰異世界：鬼哭神嚎》中，女主角要男主角在城牆上面「watch over me」，意思是「保護我」，但字幕的翻譯是「看著我」，意思不清楚。
8. 「美誤」舉了一個例子，説明每個字都看得懂，但湊起來不一定譯對，那就是「Michelangelo has nothing on you」。這五個字拆開來看，意思都沒問題，但你會把它們譯成正確的「米開蘭基羅也比不上你」嗎？

9. 「美誤」談到衛理史耐普（Wesley Snipes）星運不順，又被國稅局查到逃漏稅，就順便談到逃稅和抓逃稅，說老美會說「Death and tax」，意思是「『死神和查稅員』是你逃不過的兩件事」。不過據我所知，「Death and tax」中的tax不一譯成「查稅員」，其實就是「稅」而已。富蘭克林曾說「在這個世界上，除了死與稅之外，沒有事情是確定的」。

10.「美誤」多次提到《偷天任務》這部片子，這次提到「sales」（「銷售」）被譯成「行銷」是錯誤的，「行銷」的英文是「marketing」。還有，「I'll see you out」譯成「我在外面等你」，也是錯的，應該是「我送你出去」。

11.「Some odd movie starts cut albums these days」意思是「幾個電影明星推出個人演唱專輯」。根據「美誤」的說法，其中的「odd」是「有幾個」不是「奇怪」。「比方『30 odd countries』（30幾個國家的意思）卻被電視譯錯為『30個奇怪的國家』」。

12.《為愛朗讀》中的男主角最後拋開他念念不忘的舊情人，去找對他表示興趣的大學同學。他敲女同學宿舍的門，女生叫他進去。她看到他的那一刻，説道，「You took your time」。但這句話被譯成「慢慢來」，真煞風景。「take one's time」當然有「慢慢來」的意思，但這兒的took是過去式，不是現在式，把它譯成祈使語句是不對的。總之，這句話的意思應該是「你好會慢慢來啊」，言下之意是「你怎麼拖到現在才來！」「美誤」認為要譯成「我等了你好久」，當然也是言下之意。

迷失在翻譯中

(1)

查理·柯羅克 (Charlie Croker) 寫了三本《迷失在翻譯中》，列舉他在世界各地看到「洋涇濱」英語標示，在此擷取精華分成三部份與讀者分享。

第一本的部份：

1. 北京飛機場一家餐廳的標示：

   Welcome great presence.

   翻譯：歡迎偉大的出現。

   本意：歡迎大駕光臨。

2. 南韓首爾：

   Third floor: Turkey Bath

   翻譯：三樓：火雞浴。

   本意：三樓：土耳其浴。

3. 瑞士蘇黎世：

   We have nice bath and are very good in bed.

翻譯：我們有很棒的浴室，在床上很好。

本意：我們有很棒的浴室，洗完澡在床上很舒服。

4. 泰國（提供騎驢服務）

Would you like to ride on your ass?

翻譯：你想騎在自己的屁股上嗎？

本意：你想騎在自己的驢子上嗎？

5. 羅馬尼亞首都布加勒斯特：

The lift is being fixed for the next day. During that time we regret that you will be unbearable.

翻譯：電梯明天正在修理。在此期間我們很遺憾你將是不可忍受的。

本意：電梯明天修理，在此期間憾未能承載你們。

6. 德國柏林一間旅館的衣帽間：

Please hang yourself here.

翻譯：請正這兒上吊。

本意：請在這兒掛衣物。

7. 莫斯科東正教修道院對面一家旅館的大廳：

You are welcome to visit the cemetery Where famous Russian and Soviet composers, artists, and writers are buried daily except Thursdays.

翻譯：歡迎參觀除了星期四之外每天都埋葬的俄國和蘇維埃著名作曲家、藝術家和作家的墓園。

本意：歡迎每日——星期四除外——參觀埋葬俄國和蘇維埃著名作曲家、藝術家和作家的墓園。

8. 西班牙巴塞隆納一家旅館的告示：

No automobiles, pederosts only.

翻譯：汽車禁止，只限pederost。

本意：汽車禁止，只限行人。

(pederost為pedestrain之誤)

9. 義大利一家旅館房間門鈴旁的標示：

If service is required, give two strokes to the maid and three to the waiter.

翻譯：如需服務，摸兩下女僕，摸三下侍者。

本意：如需女僕服務按兩下，如需侍者服務按三下。

10. 塞爾維亞首府貝爾格勒一家旅館電視機旁的標示：

If set breaks, inform manager.

Do not interfer with yourself.

翻譯：如果電視機壞了，請通知經理。

不要打擾你自己。

本意：如果電視壞了，通知經理。

不要麻煩自己動手。

11. 日本東京：

Is forbitten to steal hotel towels please.

If you are not person to do such thing

is please not to read notis.

翻譯：禁止偷竊旅館毛巾。

如果你不是做這種事的人。

請不要讀這則告示。

本意：如「翻譯」所示。

（但英文中forbitten和notis都拼錯，且文法一

塌糊塗。「如果你不是做這種事的人請不要讀這

則告示」，令人啼笑皆非）

12.匈牙利布達佩斯：

All rooms not denounced by twelve o'clock

will be paid for twicely.

翻譯：不在十二點廢除房間要付兩次錢。

本意：不在十二點退房，要付雙倍的錢。

13.台灣台北：

If there is anything we can do to assist

and help you, please do not contact us.

翻譯：如果有我們可以幫助你的事情，請不要連繫我們。

本意：如果有我們可以幫助你的事情，請連繫我們。

14.韓國首爾：

Measles not included in room charge.

翻譯：麻疹不包括在房費中。

本意：三餐 (meals) 不包括房費中。

15.義大利：

Please report all leaking on the part of the staff.

翻譯：請告知出現在職身上的所有漏水情況。

本意：請把所有漏水情況告知職員。

16.俄國莫斯科：

If this is your first visit to the USSR, you are welcome to it.

翻譯：如果你是第一次到俄國，歡迎你。

本意：如「翻譯」所示。

（「Welcome to it」中的「to it」是多餘的。又，不是第一次到俄國，就不歡迎嗎？）

17.日本，冷暖氣機：

If you want just condition of warm in your room, please control yourself.

翻譯：如果你想要房間有適當的溫暖，請控制你自己。

本意：如果你想要房間有適當的溫度，請自己控制。

18.塞爾維亞：

The flattening of underwear with pleasure is the job of the chambermaid. Turn to her straightaway.

翻譯：樂於壓平內衣褲，是女僕工作。立即轉向她吧。

本意：樂於燙內衣褲是女僕的工作，立即找她吧。

（燙的英文是ironing；「立即」是staight away兩個字，不是一個字）。

19.英國沙福克群拉文罕地方一家旅館的問卷：

Was there a particular member of staff who made you stay memorable?

翻譯：有一位難忘你的特別職員嗎？

本意：有一位你難忘的特別職員嗎？

20.蘇黎世：

Because of the impropriety of entertaining guests of the opposite sex in the bedroom, it is suggested that the lobby be used for this purpose.

翻譯：由於不宜在臥室款待異性客人，建議使用大廳。

本意：如「翻譯」所示。

（何不直接說「請不要至房間款待異性客人」？）

21.英國倫敦：

All fire extinguisher must be examined at least five days before any fire.

翻譯：所有的滅火器都必須在任何火災前至少五天加以檢查。

本意：如「翻譯」所示。

（問題是，你怎知道哪一天會發生火災？）

22.東京：

In case of earthquake, use the torch to pass yourself out.

翻譯：如遇地震，請用手電筒讓你自己暈過去。

本意：如遇地震，請用手電筒逃出去。

23.馬德里：

Our wine list leaves you nothing to hope for.

翻譯：我們的酒單讓你沒有什麼好希望的。

本意：我們的酒單是沒有缺點的。

（「leave you nothing to hope for」應該是「leave you nothing to be desired」之誤）。

24. 向德國旅館探詢訂房事宜時所得到的回應：

(1) I send you my prices. If I am dear to you and your mistress she might perhaps be reduced.

翻譯：我把價格寄給你。如果我對你和你的情婦而言是很親愛的，她也許可以被減少。

本意：我把價格寄給你。如果對你的夫人而言很貴，她也許可以打折。

(2) Our motto is 'ever serve you right'.

翻譯：我們的格言是「永遠要你活該」。

本意：我們的格言是「永遠把你服侍好」。

25. 東京的標誌：

Cars will not have intercourse on this bridge.

翻譯：車子不要在這座橋上性交（交往）。

本意：車子不要在這座橋上交會。

26.日本的駕駛規則：

At the rise of the hand of policeman, stop rapidly. Do not pass him, otherwise disrespect him.

翻譯：看到警察舉手，就很快停下來，不要駛過他身邊，不然就不要尊敬他。

本意：看到警察舉手，就很快停下來，不要駛過他身邊，不然就是對他不尊敬。

27.日本藥瓶的標示：

Adults: 1 tablets 3 times a day until passing away.

翻譯：大人：一天3顆，直到死去。

本意：大人：一天三顆，直到病好。

28.義大利羅馬醫生的診間：

Specialist in women and other diseases.

翻譯：女人與其他疾病的專科醫師。

本意：女人的病以及其他疾病的專科醫師。

29.日本公共澡堂：

Foreign guests are requested not to pull cock in tub.

翻譯：外國客人不得在浴盆中拉陰莖。

本意：如「翻譯」所示，不知有什麼特別用意？會不會cock是cork（軟木塞子或浴盆塞子）之誤？

30.日本東京：

Please do not bring outside food excluding children under five.

翻譯：請不要外帶食物進來，除了可以帶五歲以下的孩童。

本意：請不要外帶食物進來，只有五歲以下的孩童才可以。

31.日本旅館的電話：

For long distance Dial 0 and Aria Cord.

翻譯：打長途電話，撥0與曲調弦。

本意：打長途電話，撥0與區域號碼。（區域號碼是Area Code，不是Aria Cord）

32.以色列一家肉商：

I shaughter myself twice daily.

翻譯：我一天屠宰自己兩次。

本意：我一天親自屠宰兩次。

33.法國尼斯地方的禮品店：

Our police: no return, no cxchange.

翻譯：我們的警察：不退貨，不換貨。

本意：我們的政策：不退貨，不換貨。

34.在一間日本商店的櫥窗：

We wish you are Merry Christmas.

翻譯：我們希望你是「聖誕快樂」。

本意：我們祝你「聖誕快樂」。

35.德國黑森林的告示牌：

It is strictly forbidden on our Black

Forest camping site that people of different sex, for instance, men and women, live together in one tent unless they are married wish each other for that purpose.

翻譯：我們的黑森林露營區嚴禁不同性別的人，例如男與女，一起住在一個帳篷中，除非他們已婚。

本意：如「翻譯」所示（只不過「for instance, men and women」是多餘的；又，也許用「opposite sex」比用「different sex」好）。

36.泰國曼谷的一間寺廟：

It is forbidden to enter a women even a foreigner if dressed as a man.

翻譯：禁止進入女人，外國人裝扮成男人也是。

本意：禁止女人進入，外國人裝扮成男人也是。

37.以色列徵婚廣告：

41, with 18 years of teaching in my behind. Looking for American-born woman who speaks English very good.

翻譯：四十一歲，屁股中有十八年的教書經驗，誠徵英語講的很好的美國出生女人。

本意：四十一歲，過去有十八年教書經驗，誠徵英語講得很好的美國出生女人。

(very good應該是very well)

38.印度呈奈地方的報紙：

Our editors are colleged and write like the Kipling and the Dickens.

翻譯：我們的編輯受過大學教育，寫起文章就像吉卜林和狄更斯。

本意：如「翻譯」所示

（但college不能當動詞用，並且college和write，一個是形容詞，一個是動詞，這不是好英文，還虧這家報紙吹擂他們的編輯）

39.日英會話教科書：

mother-brother-sister-ground father-ground mother……

翻譯：母親—兄弟—姐妹—地上父親—地上母親……

本意：母親—兄弟—姐妹—祖父—祖母……

40.埃及及開羅網路咖啡館：

Please you are not allowed to enter or open the following sites: a, the sexual sites; b, religions sites; c, political sites. Thank you for your co-operator.

不用「翻譯」，也不寫「本意」，讀者都看得懂，只是我們不免很納悶，埃及人的英文怎麼那麼菜，尤其是「Please you are not allowed to ……」以及「Thank you for your co-operator」讀者們，展示你們的英文能力，把這兩個句子重寫一遍吧。

41.引自日本一份報紙的文章：

Four people were killed, one seriously.

翻譯：四人死亡，一人死得很嚴重。

本意：四人死亡，一人重傷。

42.加拿大蒙特婁一個俱樂部：

During the renovation of the main entrance, members should use the old ladies' entrance.

翻譯：在主入口整修期間，會員要使用老女士的入口。

本意：在主入口整修期間，會員要使用舊的女士入口。

43.工作申請書：

(1) Education: Curses in liberal arts, curses in computer science, curese in accounting.

翻譯：教育：通才學科的詛咒，電腦學科的詛咒，會計學科的詛咒。

本意：教育：通才學科的課程（course），電腦學科的課程，會計學科的課程。

(2) Instrumental in ruining entire operation for a Midwest chain store.

翻譯：有助於毀掉中西部一間連鎖店的整個運作過程。

本意：有助於處理（running）中西部一間連鎖店的整個運作過程。

(3) I am a rabid typist.

翻譯：我是一個狂犬病打字員。

本意：我是一個快速（rapid）打字員。

(2)

下面繼續精摘查理．柯羅克的第二本《迷失在翻譯中》的精采例子：

1. 北京機場的「緊急出口」標示：

Do not use in peacetime.

翻譯：請不要在和平時期使用。

本意：請不要在平常（非緊急）時期使用。

2. 日本機場的標示：

Departure. Bus stop. Car rectal.

翻譯：出境。巴士站。車子直腸。

本意：出境。巴士站。車子出租（rental）。

3. 中國寧波機場報到櫃台：

Please check in animal and alcoholics……

翻譯：請報到動物和酒類。

本意：動物和酒類請接受檢查。

4. 在法國火車上：

Do not push yourself out of the windows.

翻譯：不要把自己推出窗外。

本意：不要把身子（頭）伸出窗外。

5. 土耳其租車公司自誇：

Air contagion.

翻譯：空氣傳染。

本意：空調。

6. 英國康瓦耳地方小旅館：

Will any guest wishing to take a bath please make arrangement to have one with Mrs. Havey.

翻譯：如果有任何客人想要洗澡，請安排跟哈爾維夫人同洗。

本意：如果有任何客人想要洗澡，請跟哈爾維夫人安排。（英國人也會寫出這樣不合文法的的英文？）

7. 峇里島一間賓館的牆上：

You must be welly dressed on the road otherwise you will be arrested and cunfiscated.

翻譯：你在路上必須穿著整齊，否則你會被逮捕和沒收。

本意：你在路上必須穿著整齊，否則你會被逮捕和關進監獄（？）。

（「welly dressed」的寫法有問題。）

8. 西班牙的卡拉多爾別墅：

The swimming pool water is tasted twice a day ny the Council.

翻譯：游泳池的水，「委員會」每天品嚐兩次。

本意：游泳池的水，「委員會」每天驗（tested）兩次。

9. 慕尼黑：

In your room you will find a minibar which is filled with alcoholics.

翻譯：你會在你的房間發現一個裝滿酒的迷你酒吧。

本意：你會在你的房間發現一個擺滿酒的迷你酒吧。

10. 在法國不同的露營地點的告示：

Please do not throws matter in the sink

because it constipates the outlets.

翻譯：請不要把東西丟進水槽，因為會讓出口便秘。

本意：請不要把東西丟進水槽，因為會堵住出口。

11.北京「少數民族公園」的標示：

Racist park.

翻譯：種族主義者公園。

本意：少數民族公園。

12.西班牙海灘上的標誌：

Beach of irregular bottoms.

翻譯：臀部不規則的海灘。

本意：深度不規則的海灘。

13.觀光手冊：

Jerusalem—there's no such city!

翻譯：耶路撒冷—沒有這樣的城市！

本意：耶路撒冷—世界上沒有其他像它一樣的城

市。

(Jerusalem—there's no city like it!)

14.日本靜岡縣濱松市購物中心標誌：

It is the 10:00 opening. However, this entrance opens by a delay for several minutes since 10:00. Excuse me, but hurried one please use an entrance expect this entrance.

翻譯：開門時間十點。但是這個入口比十點晚幾分鐘開。

對不起，趕時間的人請用這個入口之外的另一個入口。

本意：如「翻譯」所示。

（但英文確實很菜，看久了英文會退步）。

15.俄國女人和英國男伴走進一家戲院時，女人問男伴是否要脫掉外衣：

Would you like to undress?

翻譯：你要脫光衣服嗎？

本意：你要脫掉外衣嗎？

16. 台灣上演鄔瑪‧舒曼的《我的超人女友》時，對「We have a zero-tolerance policy for sexual harassment」這句話的字幕處理：

翻譯：我們對性騷擾持最高的標準。

本意：我們對性騷擾持零容忍策略。

17. 日本電梯旁：

There is a possibiloty that a hand and a leg is pinched by the elevator.

翻譯：一隻手和一隻腿可能被電梯捏住。

本意：手和腿可能被電梯夾住。

（為何強調「一隻手和一隻腿」？又，後面接的是表示單數的be動詞is，英文真的很糟）

18. 二次大戰後，麥克阿瑟將軍被吹捧為總統候選人時，日本出現的旗幟：

WE PRAY FOR MACARTHUR'S ERECTION

翻譯：我們為麥克阿瑟的勃起祈禱。

本意：我們為麥克阿瑟的選舉祈禱。

19.中國的告示牌：

Smoking is prohibited if you will be fined 50 yuan.

翻譯：如果你要被罰50元，抽煙是禁止的。

本意：禁止抽煙，違者罰50元。

20.在勸個人要為環境負責的垃圾箱上：

Protect CircumStance begin with me.

翻譯：保護環境從我開始。

本意：如「翻譯」所示。

（但這句英文至少有二個問題，第一，「CircumStance」一字的S為何要大寫；第二，怎麼可以用動詞「Protect」當主詞？第三，如果「begin」是這句話的動詞，就應該加s)

21.希臘雷夫卡斯地方：

MINISTRY OF CULTURE NO TRANSPASSING

VIOLATORS WILL BE PERSECUTED

翻譯：文化部　不能穿越　違者將被迫害。

本意：文化部　不能穿越　違者將被法辦。

（這則告示把「非法入侵」拼成「transpass」，把「法辦」拼成「persecute」。正確的拼法分別是trespass和prosecute）

22.奧地利滑雪勝地薩爾巴哈的飯店：

No toilet using allowed without a konsummation.

翻譯：沒有圓滿不准使用廁所。

本意：沒有消費不准使用廁所。

（「消費」應該用「compsumtion」）

23.佛羅里達州旨府塔拉哈西一家中國餐廳的窗子：

NO SUNDAY.

翻譯：沒有星期日。

本意：星期日不營業。

24.日本飯館：

Please Keep chair on position and Keep table cleaned after dying. Thanks for you corporation.

翻譯：請在死後把椅子歸位、保持桌子乾淨，謝謝你公司。

本意：請在飯後把椅子歸位、保持桌子乾淨，謝謝你的合作。

（把「飯後」的英文「after dinning」寫成「死後」after dying，飯館還能存活？又把「合作」的英文「cooperation」寫成「公司」「corporation」，太扯了。）

25.上海「東方之珠高塔」男廁：

Do not throw urine around.

翻譯：不要到處丟尿。

本意：不要到處小便。

26.日本理髮店：

Heads Cutting ¥1500. For Bald men ¥900.

翻譯：砍頭1500日圓。禿頭者900日圓。

本意：理髮1500日圓。禿頭者900日圓。

（同樣是cut，用在head和hair差很多）

27.日本裝去指甲油的去光水的瓶子上：

Nail remover.

翻譯：去除指甲的水。

本意：去光水。

28.在學生的筆記簿中：

My heart is vey flammable when I see your beautiful eyes.

翻譯：我看到妳美麗的眼睛時，我的心很容易燃燒。

本意：我看到妳美麗的眼睛時，我的心熱情如火。

（3）

以下是查理·柯羅克的第三本《迷失在翻譯中》

的有趣實例：

1. 印度麻立普地方的大卡車的後面：

In trust we God.

翻譯：我們上帝信任。

本意：我們信任上帝（In God we trust）。

2. 日本小航空公司網站上的問答：

(1) Q：When buying airline ticket on credit card can I pay?

A：Buy our ticket desk in cash has became only your credit card will not be accepted.

翻譯：問：可以用信用卡買機票嗎？

答：用現金買我們的機票櫃台已經只變成，你的信用卡不會被接受。

本意：問：可以用信用卡買機票嗎？

答：只能用現金到櫃台買票，不接受信用卡。

（英文爛得可以，需要大大整修一番）。

(2) Q：Is there a bathroom on the plane?

A：The cabin has no toilet facilities. Please complete your in terminal before boarding.

翻譯：問：飛機上有浴室嗎？

答：機艙沒有洗手間設備。請在登機前在航站完成你的。

本意：問：飛機上有洗手間嗎？

答：機艙沒有洗手間設備。請在登機前在航站上好洗手間。

3. 日本東京電器行：

May I ask a favor. Please refrain from bringing the goods before payment in restroom.

翻譯：請幫忙。還沒有在洗手間付錢之前請不要帶走東西。

本意：請幫忙。還沒有付錢之前，請不要把東西帶進洗手間。

4. 義大利佛羅倫斯女裝部門的手扶梯上方的標示：

Woman upstairs.

翻譯：女人樓上。

本意：女裝在樓上。

5. 中國手機：

Warning: do not follow these instructions may cause a fire, electric shock, damage or other damage.

翻譯：警告：不要遵照這些指示可能引起火災、電擊、傷害或其他傷害。

本意：警告：不遵照這些指示可能引起火災、電擊、傷害或其他傷。（把祈使語句「do not follow…」改成動名詞「not following…」就可以起死回生了）

6. 中國鞋子：

The shoes are not match use itself make you

hurted.

翻譯：鞋子不適合用會讓你腳痛。

本意：鞋子不適合腳會讓你腳痛。

（文法一遢糊塗，hurt的過去分詞是hurt，不是hurted。）

7. 手鋸，國家不詳：

Suitable for wood, plastics and some metals. Not suitable for children under 36 months.

翻譯：適合鋸木頭、塑膠以及一些金屬，不適合鋸三歲以下孩童。

本意：適合鋸木頭、塑膠以及一些金屬，不適合三歲以下的孩童使用。

8. 日本摩托車電池：

Method of detoxify:

Outside: to wash by clear fresh water.

Inside: take a plenty of clear fresh water

of cattle breast, well-distributed egg or vegetable oil. Please sent to hospital at once.

翻譯：解毒方法：

外面：用清淨、新鮮的水洗。

裡面：取用很多牛胸部的清淨、新鮮的水、精選（？）的蛋或植物油。請立刻送到醫院。

本意：大約如「翻譯」所示。

（不過，這兒「解毒」所用的英文「dextoxify」是個動詞，應該用名詞。「牛胸部的清淨、新鮮的水」是指牛乳嗎？譯者連牛乳的英文都不會嗎？還有，是電池有毒是要送到醫院嗎？）

9. 法國尼姆地方從一樓臥室看得到的游泳池：

Dear Customers, In order to respect the touchiness of each one, we are asking you to wear your bra at the swimming pool.

翻譯：親愛的顧客，為了尊敬每個人的敏感性，我們請求你們在游泳池穿上胸罩。

本意：如「翻譯」所示。

（不過「顧客」難道也包括男性嗎？又「touchiness」一字似乎很少見)

10.埃及旅館：

Our public bar is presently not open because it is closed.

翻譯：我們的公用酒吧目前不開放，因為它是關閉的。

本意：我們的公共酒吧目前不開放。

(埃及的這家旅館寫出這樣的英文。很幽默吧？)

11.印度洗衣單中「胸罩」的英文翻譯：

Breast hanger.

翻譯：吊胸部的東西。

本意：胸罩。

12.比利時旅館網站：

Historical documents teach us that a tavern

was situated on our location… A lot later, the funtion of resting place for the horses fainted.

翻譯：歷史文獻告訴我們，在我們現在這個地點曾建了一家旅店…很多之後，馬匹的休息地的功能昏過去了。

本意：歷史文獻告訴我們，在我們現在這個地點曾建了一家旅店…很多年之後，馬匹的休息地的功能式微了。

（A lot後面沒有名詞，「功能」的英文也拼錯。）

13.中國瀋陽旅館：

Please obey the instructions of the hotel staff if it in on fire.

翻譯：如果旅館的職員著火，請遵守他們的指示。

本意：如果旅館著火，請遵守職員的指示。

14.日本的英文標示：

Please wash, disinfect and gargle the hand when it returns from going out.

翻譯：手出外回來時請洗它、消毒它以及漱口它。

本意：出外回來時請洗手、消毒、並漱口。

15.英國海峽群島澤西島聖赫勒地方的電梯告示：

Max load — 5 persons of 400kg.

翻譯：最大載重—五個四百公斤的人。

本意：最大載重—五個人，四百公斤。

16.美國電視新聞：

A caption during a US TV news programme labelled the interviewee as a “pubic defender”.

翻譯：一個美國電視新聞節目的字幕把受訪者標示為「陰部防衛者」。

本意：一個美國電視新聞節目的字幕把受訪者標

示為「公眾防衛者」。

17.義大利餐廳：

You are kindly requested not to reach for a table before going through the cashier.

翻譯：還沒有穿過（查看）出納員之前，請不要走向桌子。

本意：還沒付帳之前，請不要走向桌子。

18.義大利食品店：

This dry mushrooms is considered by experts the best in the world. Nowhere to be found.

翻譯：這種乾香菇被專家認為世界最好。沒有地方找得到。

本意：這種乾香菇被專家認為世界最好。沒有別的地方找得到。

19.美國報紙分類廣告：

(1) For sale: an antique desk suitable for lady with thick legs and large

drawers.

翻譯：拍賣：古董書桌，適合腿粗和有大內褲的女士。

本意：拍賣：古董書桌，適合腿粗的女士，有大抽屜。

(2) Now is your chance to have your ears pierced and get an extra pair to take home too.

翻譯：現在你有機會穿耳洞又額外帶一對耳朵回家。

本意：現在你有機會穿耳洞又額外帶一對耳環回家。

(3) Modular Sofas. Only $299. For rest or fore play.

翻譯：標準規格沙發，只賣美金299元，適合休息和前戲。

本意：標準規格沙發，只賣美金299元，適合休息和在上面玩。

(4) Our bikinis are exciting. they are simply the tops.

翻譯：我們的比基尼裝很刺激，只有上衣部分。

本意：我們的比基尼裝很刺激，第一流。(tops 可以當形容詞「第一流」，所以不應有冠詞the，否則變成名詞「上衣部份」)

(5) Wanted. Man to take care of cow that does not smoke or drink.

翻譯：徵照顧不抽菸、不喝酒的牛的人。

本意：徵照顧牛的人，不抽菸、不喝酒。

20.義大利羅馬地方的酒吧：

Please use the arse-tray for your fags.

翻譯：抽煙請用屁股盤。

本意：抽煙請用菸灰缸 (ash-tray) 。

21.西班牙歷史性瞭望台：

Visitor removing stones will be hardly

punished.

翻譯：拿掉石頭的訪客幾乎不會受到處罰。

本意：拿掉石頭的訪客會受到嚴厲的處罰。

22.中國海南島三亞博物館：

Do not touch and pay for damaging.

翻譯：不要觸碰以及付損害賠償費。

本意：不要觸碰，損害要付賠償費。

23.希臘米克諾斯島男同性戀者天體海灘的一家餐館外面：

KINDLY COVER YOUR PRIVIES BEFORE ENTERING.

翻譯：進入之前請遮住你的廁所。

本意：進入之前請遮住你的私處（private part）。

24.英國女人的義大利求婚男友在度過一個浪漫的假日之後所寫的信：

I love you to die.

翻譯：我愛妳去死。

本意：我愛死妳了（或「我愛妳到死」？）。

25.台灣業務員的電郵：

Sorry for my personal healthy conditional reason and therefore I delay the monthly report.

翻譯：抱歉，基於我個人健康情況的理由，我的月報表延遲了。

本意：如「翻譯」所示。

（但英文顯然是從中文直譯的中式英文或洋涇濱英文）。

26.坎特伯利大主教在場的日本教堂儀式:

After the singing of the next hymn the Archbishop will give the congregation a brief massage.

翻譯：唱完下一首聖歌後，大主教將為信眾做簡短的按摩。

本意：唱完下一首聖歌後，大主教將為信眾發表簡短的祝詞。

被弄糟了的英文

以下是摘自查理·柯羅克的另一著作《被弄糟了的英文》中的問題英文：

1. 阿富汗一處飛機場的告示：

   Please stand on your turn.

   翻譯：請站在你的轉彎上。

   本意：請站著等輪到你。

2. 法國巴黎：

   Please leave your values at the front desk.

   翻譯：請把你的價值留在前面櫃台上。

   本意：請把貴重物品（valuables）留在櫃台上。

3. 泰國：

   You have a friend to stay with you last night (or every night). You must pay to a money.

翻譯：昨夜（或每一夜）有一個朋友跟你待在一起，你必須付錢。

本意：如「翻譯」所示。

（但英文有夠菜，尤其是「You must pay to a money」）

4. 丹麥哥本哈根：

Take care of burglars

翻譯：請照顧小偷。

本意：請小心小偷。

5. 波蘭：

Swcat dreams.

翻譯：汗夢。

本意：甜蜜（sweet）的夢。

6. 中國：

Potential danger is worse than naked fire.

翻譯：潛在的危險比裸露的火災更糟。

本意：潛在的危險比真真實實的火災更糟。

7. 中國廣告：

Anti-falling Shampoo.

翻譯：反掉落洗髮精。

本意：防掉落洗髮精。

8. 東京商店：

Welcome to the best place where makes you happy.

翻譯：歡迎到讓你快樂的最好地方。

本意：如「翻譯」所示。

（但這是文法很有問題的英文）。

阿拉伯語與英語之間的代溝

有一家阿拉伯國家的餐廳把一道菜標示為「MeatBall」，意即「肉圓」之類的食物，除外又附了英文：「Paul is Dead」（「保羅死了」）。原來阿拉伯人的店主誤以為「MeatBall」是阿拉伯文（意思是Paul is Dead），就把它譯成英文的「Paul is Dead」。

北市交車站牌的菜英文

交通部舉辦「雙語標示糾察隊」，讓民眾揪出錯誤的英譯，其中有一則把「檸檬愛玉」譯成「The lemon loves the jade」，完全是菜英文式的英譯，另一則則是把「鮮肉包」譯成「Fresh meat package」，還有一則把國道新營服務區販售的「人蔘精華液」譯成「person蔘essence fluid」。

以下的部份則不屬於「雙語標示糾察隊」所揪出來的，而是某報2010年8月2日登出的消息：

北市一些公車站牌的英譯很差，被譏為「郝龍斌被菜英文打敗」。

1. 「華中河濱公園」站被譯為「Bin Park Nakagawa China」，「China」是「華」，「Nakagawa」是日語「中川」的音譯，湊起來是「華中川」，「Bin」是「濱」的音譯，「Park」是英文的「公園」，湊在一起四不像。

2. 台視公司前的站牌「松山車站」譯成「Matsuyama Station」，用日語「Matsuyama」譯「松山」，日英文夾雜。
3. 公車二七八路經過內湖站的「國防醫學中心」，站名的英文翻譯是「Armed Forces Songshan Hospital」，其實是松山區健康路的「國軍松山醫院」，但二七八路公車並沒有經過此地。

冰島文與翻譯

前陣子冰島銀行倒閉，經濟紊亂，冷門的冰島文譯英文的翻譯員炙手可熱，因為銀行的倒閉，業務的信用稽查員會議以冰島文進行，必須有冰島文譯英文的人員在場，但這類的好手不多，冰島文畢竟不好學。

確實如此。就冰島文學而言，大概只有1955年得到諾貝爾文學獎的拉克色尼斯（H.K. Laxness）的作品譯成英文，如《獨立人民》、《魚會唱歌》、《冰島之鐘》等。但有一位讀者卻抱怨《獨立人民》的英譯本讀起來很惱人，說譯者努力要提示原作者的風格，卻演變成對哈代（Thomas Hardy）作品的模仿，當然也有讀者持相反意見。總之，冰島文應該是很難學，所以譯成英文時不會很理想。但多學一點冷門語言，養兵千日用於一時，也許哪一天哪個語言難學的冷門國家發了或垮了，就有用武之地了。

市長與翻譯之間

英國Monocle雜誌在一篇標題為Civic Slickers--Global的文章中，把胡志強市長列入其中，結果胡成為「全球十大市長」之一。報載，「網友列舉Slicker的意思，包括…『圓滑者』、『騙子』…專業英文老師也表示…這應該介於中間灰色地帶，但絕對沒有褒獎的意思。」

我查了Chapman所編的New Dictionary of American Slangs，發現報載的網友說對了一半，專業英文老師也不全對。據此一字典，slicker有兩義，第一義是負面的：「聰明、狡猾的人，特別是騙子。」（此一字典的中譯本把「騙子」（confidence trickster）誤譯成「惡作劇者」）。第二義是：「社交方面手腕圓滑、外表吸引人的人，又等於smoothie。」再查同一字典，smoothie的意思是：「吸引人、令人愉快和有手腕的人。」（此一字典的中譯本將之誤譯為「身材勻稱且吸引人的人」）。這第二義也許有灰色地帶，但也不能說「絕對沒有褒獎的意思」。

負責翻譯的人後來把「十大市長」修正為「城市時尚者」，好像也不很周全，根據上述字典的第二義，應該是「有手腕」的成份居多。

附錄 麥高先生的回應：

11月27日《聯副》刊出〈市長與翻譯之間〉一文，很高興作者陳蒼多先生把slickers一字提出來討論。筆者完全同意陳先生對slickers的解釋。為了對於civic slickers的不褒不貶，筆者提出「長袖善舞」這個翻譯，不知讀者意見如何？

為了正本清源，我們必須回到slick這個字。我們知道slickers是由slick加er加s而成。根據Oxford Advanced Learner's English-Chinese Dictionary（大陸商務印書館），slick的意義是done or make in a way that is clever and efficient but often does not seem to be sincere or lacks important ideas，中文的意思是「華而不實的，虛有其表的，偷巧的」；則從slick字根而來的slickers一詞，應用到市長上，就可譯為「長袖善舞」的市長。

「齊」迷們的選擇

再過兩年，就是丹麥哲學家齊克果的200週年冥誕。我想談齊克果作品的英譯者。最著名的英譯者有三位。一是大衛・史文遜（David Swenson）。他和妻子譯了齊克果的《非彼即此》。二是霍華德・洪（Howard Hong）。他和妻子愛德娜・洪（Edna Hong）兩人合作譯了齊氏26本作品，因此得過美國國家書卷獎。根據報導，霍華德・洪是大學教授，每天早晨3點起床，走一哩路上山去翻譯齊氏作品，直到上課時間到來。三是華爾特・羅利（Walter Lorrie）。

有一位評論家穆爾（Robert Moor）公然為文指出，羅利直到晚年才學丹麥文，不曾精通，翻譯品質低劣，而史文遜則是有天賦且步步為營的翻譯者，所以他建議避免閱讀羅利的作品。「齊」迷們選擇齊氏作品的英譯本來閱讀或中譯能不慎乎？

翻譯與文化差異

審過一篇論文，內容論及文化差異與翻譯困境。這兒的兩個例子取自該文，作者的名字在論文中沒有公開，但還是在這兒致謝。

第一個例子是“John can be relied on. He eats no fish and plays the game.”這兩個句子的意思不是「約翰是可靠的。他不吃魚，還玩遊戲」，而是「約翰是可靠的，他既忠誠又守教規。」原來，英國國教與新教衝突期間，國教規定教徒齋日只能吃魚，新教則要求不可吃魚。也就是說，這兒的約翰是新教徒，他不吃魚，所以守教規。文化或歷史背景在翻譯時確實很重要，但如果這兩句話是出現在一本討論國教與新教關係的書中，而非單獨抽出來，也許就比較容易譯。

另一個例子是，毛澤東曾透過口譯告訴尼克森說，他唸的是綠林大學，口譯者卻把它譯成The

University of Greenwood，也就是說，口譯者不知這兒所謂的「綠林」的中國文化背景（跟「綠林大盜」、「綠林好漢」有關）。但這個例子似乎不宜用在「翻譯與文化差異」的討論中，因為綠林（greenwood）指盜匪出沒之地並非中國文化所特有，在西方，傳統上綠林也是人們落草為寇的地方。只不過毛譯東所謂的「綠林大學」確實不宜直接譯成The University of Greenwood，因為Greenwood是地名，也是一間出版社的名字，總之，會被誤認是專有名詞，而不是普通名詞。

翻譯・音樂

劉靖之先生說，「演奏家擁有個人風格的演繹權利，翻譯家應有個人風格的詮釋權利。」安德魯・契斯特曼（Andrew Chesterrman）在《翻譯的模擬》一書中指出，我們對翻譯有各種隱喻或顯喻，其中一則是「翻譯像原曲的演奏」。如果是強調原曲，那演奏家是否應該有個人風格？我一直在想：如果每個演奏家都有演奏貝多芬音樂的風格，那麼，哪一位才最忠實於原典？也許要起貝多芬於地下才能定奪。但這是不可能的。莎士比亞的中譯有四種，難道我們是要探討四種譯本的「風格」，而不是它們的「忠實度」？再回到音樂，還有一個問題：就作曲者和演唱者而言，原作曲者總比演唱者（詮釋者或翻譯者？）寂寞（流行歌尤其如此），這與翻譯界中，翻譯者總比原作者寂寞相反，為什麼？

2加2不等於4？

德國數學家與邏輯家佛雷格（Gottlob Frege）提到一種概念，似乎跟翻譯有關。他指出「意義」（sense）與「指稱」（reference）的區別。

我們説，2+2=4。2+2和4都「指稱」同一件事，但「意義」不同，2+2有加的觀念，4沒有。Evening star（晚星）和morning star（晨星）都「指稱」金星，但「晚」和「晨」「意義」不同。

我自己有一個翻譯上的例子。我把某句英文譯成「…好像他的一隻腳和另一隻腳的四分之三已經進了墳墓。」有人會問，何不就譯成「…好像他行將就木」？兩種説法都「指稱」「老朽」，但「意義」畢竟有差異。就像「她美得不得了」和「她有閉花羞月之美」都「指稱」「美」，但「意義」還是不同。

中英文的被動語態

英文好用被動式，但似乎沒有貶義，如“He was asked to give comments”（可譯成「有人要他發表評論」或「他被要求發表評論」）並沒有負面意義，最多是中性的（當然還要視前後文而定）。

中文的被動式似乎不是如比。我看到一則讀者投書，說當時的新聞局長於美國發表演講時說，「台灣因為不向共產主義說NO，就遭到懲罰…『就遭到懲罰』是被動語態…」他認為應該把「就遭到懲罰」改為「他們就攻擊我們」。又如，如果把英文的“I was taught by him”譯成被動的「我被他教過」或主動的「他教過我」，前者就有負面的意思，暗示「不幸被他教過」。董橋先生在〈小紅被門檻絆倒〉一文中說：「我漸漸同意了一種說法：形容不太好的事情不妨用『被』；敘述好事避之則吉。」他說，「女鬼被裸埋」、「小紅被門檻絆倒」等說法都不錯，「黛玉被寶玉追求」、「紀曉嵐的書被人傳誦」等説法不好。翻譯英文的被動式能不慎乎？

33年前的憾事

達克脫婁（E.L.Doctorow）是當代美國名作家，諾貝爾文學獎的呼聲一直很高。我33年前譯了他的The Ragtime，書名原意是「切分爵士樂」，出版社的建議譯名是「往日情懷」。其中有一段描寫女權運動者果德曼（Emma Goldman）為女主角解除胸衣，擦上促進血液循環的油膏。有一個男人躲在壁櫥偷窺、自慰，最後忍不從壁櫥掉落下來。

出版社把其中涉及女性性器官的mons（陰阜）一字的一段話的翻譯刪除，又把偷窺者從壁櫥掉落下來後繼續自慰的一段文字的翻譯全都刪掉。我在初校時都補上，最後還是遭刪除。

33年前的台灣有保守到這個地步嗎？現在我只感覺到有點對不起原作者。這件事正好犯了納博可夫提出的翻譯的第二大忌：「故意略過…對…讀者而言似乎…猥褻的部份」。希望瑞典諾貝爾獎評審會慧眼識英雄，把文學獎頒給達克脫斐，台灣也許就會重譯他的這部作品，否則等到他作古，以台灣出版界生態而言，那就免談了。

口吃要不要譯？

據説有一個外國人演講，因為口吃，開始就把“Today”説成“To…to…day”，而口譯者也把它翻譯成「今…今…天」，且把此後口吃的部份照譯不誤。演講結束後，外國人找口譯者理論，口譯者説，他努力要做到「信」的地步，但演講者認為這樣不雅。其實「信、達、雅」中的「雅」當然不涉及修飾，原文有不雅之處，不應譯得很高雅。口譯者的堅持雖然實務上有商榷餘地，理論上站得住腳。

但是如果原文有顯然錯誤之處，譯文要不要更正呢？我看到一段英文，談到英國大詩人密爾頓（John Milton）反對英國議會下令禁止出版未經權威當局許可的書籍，把下令的時間印成1943年，但密爾頓是17世紀的人，所以1943年顯然是1643年之誤。譯者應該可以改正，不然就要加註說「原文如此」。

誰有資格寫譯評？

有兩種人不能寫譯評，一是沒有翻譯經驗或沒有翻譯作品的人，因為沒有翻譯經驗或翻譯作品，憑什麼批評別人的翻譯？二是有翻譯經驗或有翻譯作品的人，雖然有翻譯經驗或翻譯作品，卻一定出過錯或有不完美之處，那又憑什麼批評別人？

以上這段話當然是玩笑話，但也可以看出譯評不易。無論如何，如果第一種説法成立，那麼沒有寫過小説的人就不能評論小説嗎？只不過小説和翻譯畢竟不同，小説的評論和翻譯的評論所需的功力可能不同。至於第二種説法當然也不成立。自己的翻譯作品有錯誤或不完美之處，在所難免，只要有功力且譯評的內容有道理，還是會令人信服，所謂「不以人廢言」是也。

不識趣的學生？

我上翻譯課會要求學生做口頭報告，內容包括自己去找有關翻譯方面的資料。有一次，一位學生口頭報告的內容是一位教授比較德國諾貝爾文學獎得主鮑爾（Heinrich Boll）一篇短篇小說的三篇中譯，包括我的一篇，指出我不少不如其他兩篇中譯的地方。文中說我把schoolboy譯成「學者」，經查證是排版錯誤，我的原譯是「學童」，可見排版錯誤會鬧笑話。

問題是，這位學生之所以提供這份譯評的動機：也許單純是因為我平常鼓勵學生要去發現別人譯文的優劣。但她沒有考慮到會惹惱老師嗎？結果她確實沒有惹惱我，我給了她應得的學期成績（我記得大約是86分左右）。其實，有翻譯作品就不要怕別人評論。翻譯場是冶煉品格的地方，如果我扣這個學生的分數，那就是卑鄙，如果加分，那是矯情，「如實」給分，正符合翻譯時「如實」傳達原作者意思的精神。

教書，尤其是教翻譯，可真充滿考驗與挑戰呢。

排版錯誤鬧笑話

我看到一位譯者把一個英文句子「“You will go where you are taken to,” as the parrot is told in the Portuguese story」中的被動式（「are taken to」和「is told」）譯成主動式，所以我就在一篇文章中指出，這個句子應譯成「『人們帶你到哪兒就到哪兒，』在一則葡萄牙故事中，有人這樣告訴鸚鵡」。但一位英文老師卻說我譯錯了，應該譯成：「『別人帶你到哪兒就到哪兒，』就像那則葡萄牙故事中的鸚鵡被人帶到美國愛德荷州去了一樣」。歐買尬，原文哪裡有愛德荷州啊？後來查看登出我的文章的報紙，發現told一字被排成to Id兩字，偏偏又把l排成大寫的I，變成Id，這位英文老師才會認為to Id有「到愛德荷州」之意（其實Id是愛德荷州的非正式縮寫，正式的縮寫為ID）。

這是很難得的巧合，也證明報社或出版社的排版出問題，可能讓作者背黑鍋，更不用說陷譯者於不義了。

另外，張先信教授在「〈笑匠〉的中譯比較」一文中指出我把schoolboy譯成「學者」。其實我當時是用手寫稿而非電子檔投稿，所以打字人員把我的「學童」中的「童」誤看為「者」，這也是排版錯誤鬧的笑話。我不可能把schoolboy誤譯為「學者」。

莎士比亞與「花事」

納博可夫在〈翻譯的藝術〉一文中談到翻譯的三惡，最嚴重的第三惡是「惡意的美化」，舉的例子是，有一個俄文版的《哈姆雷特》把第四幕第七景中的「她就來到那個地方，拿著些奇異的花圈，紮的是毛茛、蕁麻、延命菊以及…紫蘭」（梁實秋譯）譯成「她就來到那個地方，拿著些最可愛的花圈，紮的是紫羅蘭、康乃馨、玫瑰、百合」，不僅把奇異（fantastic）譯成「最可愛」，還把毛茛、蕁麻、延命菊和紫蘭換成最美的紫羅蘭、康乃馨、玫瑰和百合，簡直是集世界最美的花的大成。這位俄文版譯者可能不知道，英文的毛茛…等並不等於紫羅蘭…等，卻硬要這樣譯。他應不是愛花成癡，根據納博可夫的看法，他是要用花的語言來討好讀者，讓不察的讀者以為他譯得很美，因此是優秀譯者，但其實這也是一種竄譯。

罄「皮」難書

黃邦傑先生在《譯藝譚》一書中說，有人把“to perpetrate untold atrocities”譯成「犯了罄竹難書的罪行」，民族色彩太過濃厚，就像林琴南用「拂袖而去」來翻譯福爾摩斯，給他穿上中國垂袖長袍，「罄竹難書」也是如此，「因為歐洲發明紙之前，不像中國用竹簡記事，歐洲人用的是羊皮」，所以他說，如改為「罄皮難書」「倒也未可厚非」，如譯成「犯了數不清的罪行」，「也算不錯了」。

我要補充黃先生的意見。第一，有人會問，譯成「罄皮難書」不是一樣有西方民族色彩？我認為，英譯中應介紹譯出語的西洋文化，不是在中國文化中打轉。第二，黃先生說，譯成「罄皮難書」「倒也未可厚非」，我認為，很多人還是不會接受這是引介西洋文化，縱使為「皮」字加上引號也是如此。第三，原句中的untold是單詞，不是成語，不必譯成中文成語，這是對文體的忠實。第四，所以譯成「犯了數不清的罪行」不止是「也算不錯了」，簡直是標準的翻譯。

器官？風琴？

時代雜誌英漢對照版有一篇有關情色傳播科技未來展望的文章，提到電影《上空英雌》裡的「快感器官」、《傻瓜大鬧科學城》中的「高潮儀」，以及《王牌大賤諜》中的「機器女」。「快感器官」的原文是Pleasure Organ，中譯者譯成「快感器官」似乎合情合理，但「高潮儀」的原文是Orgasmatron，「機器女」的原文是fembot，從原文看來，應該是涉及器具，為何只有Pleasure Organ是非器具的「快感器官」？何況organ一字除了「器官」之外也有「風琴」之意。當然，這些都不是organ應譯成「風琴」的理由，最重要的是電影情節本身。

根據情節，《上空英雌》是描述亨利芳達所主演的女主角降落一不明星球，被惡魔用製造快感的風琴玩具加以折磨，但她終於抗拒快感，並毀壞風琴。當然，這兒的organ有可能暗示（性）器官，但基本上

Pleasure Organ還是應譯成「快感風琴」。翻譯有關電影的文章，最好自己看電影過或參考有關電影情節的資訊。就這個案例而言，生活經驗和專業知識在翻譯中扮演跟語文程度一樣重要的角色。

一句涉及雙關語的英語

有一句不知作者為誰的英文如下：

「California: A state that's washed by the pacific on one side and cleaned by Las Vegas on the other.」

句中的washed和cleansed意思很接近，即「沖洗」、「洗淨」，所以整句話的意思似乎是「加州一邊由太平洋沖洗，另一邊由拉斯維加斯洗淨。」但是如果這樣譯，讀者會不知所云。其實「cleansed」也有「洗劫」的意思。所以，這句話如果不用「譯註」的話，勉強可以成「加州一邊有太平洋沖洗，另一邊有拉斯維加斯『洗劫』賭輸錢的人。」

雙關語與翻譯

中文有很多歇後語，不易翻譯，要用譯註，但會很繁瑣，如「七竅通了六竅，一竅不通」，根本無法直譯。中文寶塔詩則簡直無法英譯，因為中英文有結構上的差異。

英文方面，有很多雙關語和同音異義字都很難中譯，除了我在〈翻譯的懸賞〉一則中所提到的Sherry、Penny、Fanny之外，最近又看到Carolyn Wells的五行遊戲文字，頗覺更有挑戰性：A canner exceedingly canny／One morning remarked to his granny:／“A canner can can／Any thing that he can／But a canner can't can a can, can he?”

中譯大意是：一個製造罐頭的人非常節儉，有天早晨對祖母說：「一個製造罐頭的人可以儘可能把任何東西製成罐頭，但他不能把一個罐子製成罐頭，能嗎？」但這樣譯並沒有把押韻譯出來，也沒有把三個

“can”字的同音、同形、異義——「能」、「製罐頭」和「罐子」——的妙用同時譯出來。

感覺受挫之際，又看到一句The present is the present，如果把它譯成「當下即是禮物」，好像不如譯成「活在當下」，但兩譯離原文中present一字的雙關語意境都有一段距離。

再一則「雙關語與翻譯」

英文中有一句雙關語「Marriage is an institution in which a boy loses his bachelor degree and a girl gets her master degree」。本來這是一則有關婚姻的幽默定義，說婚姻是一種制度，在其中，男孩失去單身漢身份，女孩得到主人身份。但英文中的institution也有「學校」的意思，bachelor也有「學士」的意思，degree也有「學位」的意思，master也有「碩士」的意思，所以整句話又可以譯成「婚姻是一所學校，在其中，男孩失去學士學位，女孩得到碩士學位」。

另有一句英文「A Bachelor of Arts is one who makes love to a lot of women, and yet he has the art to remain a bachelor」。這句英文是在「Bachelor of Arts」上做文章。「Bachelor of Arts」本來是「文學士」，但同樣的，bachelor除了

有「學士」的意思之外，也有「單身漢」的意思，而art除了有「藝術」的意思之外，也有「技巧」的意思，所以這句話就變成「文學士是跟很多女人做愛，卻又有保持單身技巧的男人」

詩意是啥碗糕？

很早就知道我譯的《黑暗之心》被此書的第四位譯者評為最後一名。我沒有細看他的評語，只覺得他應該把譯本出版的時間列入考慮（我的遠景版譯本比重印的印刻版早很多年）。

在網路上看到一段文字（查不出作者），提到我的譯本：「相較之下…這個版本最讓我喜歡的部份就是它有一種撲朔迷離的美麗…但更多的時候，這種撲朔迷離湧現的是詩意…」其實文中「詩意」出現了兩次。我看了並沒有受寵若驚的喜悅感，倒覺得臉紅。如果說譯文「忠實」我是會接受，或者如果說譯文符合「反熟悉化」（或陌生化）、「異化」的原則，也可以勉強接受。我記得有學生說，他看很多日文中譯的作品，太淺白流暢，反而沒有吸引力，可見翻譯中的「異化」、「歸化」問題值得討論。

繼而一想，翻譯的「忠實」、「反熟悉化」和翻譯的「詩意」之間有何關聯呢？我還是無法接受「詩意」這個讚詞。如果這部翻譯作品有一天鹹魚翻身，肯定不是因為它的詩意。

Godiva的音譯

Godiva是有名的巧克力品牌，不過大部份人對Godiva這個女人的事蹟也許諱莫如深。滿足生理的味覺如能佐以知性的樂趣，生活會更加充實。

我特別上網查了一下，大都認為Godiva英文發音為「哥黛華」，法文發音為「歌蒂華」，也就是說，Godiva是英國人，如果是指人名，應唸為「哥黛華」（重音在第二音節），但一旦轉化為源於比利時的巧克力，Godiva就要唸成「歌蒂華」（重音在第一音節）。

最有趣的是，有一位網友說，台北Godiva專櫃小姐把它唸成「歌蒂華」是錯的，還說他（她）「特別寫信到Godiva比利時總部請教，獲得標準答案…高黛華！」。但另一位網友卻說，「聽聽看Godiva巧克力總裁Nicolas Bouve，他怎麼以法文唸出Godiva的。他是唸著go-di-va」。看來，「Godiva比利時總部」

和「Godiva巧克力總裁」兩方（？）要出來開一場記者會才好。

Hemes的音譯

我談過比利時名牌巧克力Godiva的音譯，分成英語音譯和法語音譯。

而法國名牌Hemes的音譯也有同樣情況，分成英語發音（he:miz）和法語發音，但英文音標標不出法語發音，前半部如果用國語或台語來說，是有點像是從喉嚨發出「呵」聲，但是只有氣音。有人建議用台語的「會好罵」、「鞋好罵」、「鞋好妹」來發整個音。中譯的「愛瑪士」顯然接近法語發音，而不是英語發音。

順便一提，另一名牌Anna Sui中的「Sui」，是唸成（swi)，而不是（su），就像sweet少了t的音，有點像台語的「漂亮」——「水」。

早上結婚下午死

一個法文一竅不通的美國人到巴黎觀光。有一天早上出外旅遊，看到一場他不曾看過的盛大婚禮，由於沒有譯員，他就用英語隨機問身邊一個法國人：「這個新郎是誰？」法國人用法語答道：「Je ne sais pas」（「我不知道」）。美國人點點頭。到了下午，他又看到一場世紀大葬禮，很想知道死者是誰，又用英語隨意問一個法國人，法國人還是說：「Je ne sais pas」（「我不知道」）。美國人聽了點點頭之後嘆了一大口氣，心想著：這個叫Je ne sais pas的法國人早上剛結婚，下午就死了。

我還有琴要對你們彈

英文中有一句成語「Cast pearls before swine」，意思是「把珍珠投在豬前面」，引伸為「把珍貴的東西給不識貨的人」。有人譯成「明珠暗投」，不知何故，其實也可以譯成「對牛彈琴」。

話說，有一個美國教授對一班不受教的學生很感冒，因為下課鈴一響，學生們就急著要衝出教室。有一次，同樣情況又發生，這位教授就慢條斯理地說：「Wait a minute, I have more pearls to cast before swine」（「等一會，我還有更多的珍珠要投在豬前面」）。我在想：如果中文譯成「等一會，我還有琴要對牛彈」，不知如何。

「前」的問題

據說，有一次，美國女作家露絲（Clare Boothe Luce,1903-1938）和另一位女作家芭克（Dorothy Parker,1893-1967）同行。在要走出一棟建築物的大門時，露絲為芭克打開門，說道，「Age before beauty」（大意是「年紀大的先走，美女後走」）。由於芭克年紀比露絲大，所以芭克知道露絲暗指芭克年紀大，而露絲自己年輕又美，所以就回以「Pearls before swine」。這三個字直譯是「珍珠在豬前面」，暗示芭克自己是珍珠，露絲是豬。其實這是「Cast pearls before swine」的簡寫，意思是「把珍珠投在豬前面」，有「對牛彈琴」之意。總之，對方用了一個有「前」的詞兒，芭克也不甘示弱，貶了露絲一番。問題是，如要用簡潔的中文把「Age before beauty」以及「Pearl before swine」譯得很到位，並不容易，總不能譯成「年老在美前面」以及「珍珠在豬前面」。我看只有用譯註的方式才能畢其功。

錢與前

很多文化界人士想要研究《圍城》、《談藝錄》作者錢鍾書的思想與治學方法，但錢先生不以為然，説道，「大家不要向錢看，要向前看。」這句話主要的意思是「大家不要向錢鍾書看齊，要向未來看」。其實錢鍾書這句話應該是一語三關。「錢」除了指錢鍾書的姓之外，也可能指金錢的「錢」，因為不少人向「錢」看。

我看到的這句話的英譯是「Don't look forward to money, but to the future.(both "money" and "future" are pronounced Qian in Chinese)」。括弧中的部份算是譯註，是説金錢中的「錢」和前途中「前」的中文發音跟姓錢的「錢」相同。所以這算是中規中矩的翻譯。但我認為應在譯註中把中文「錢」和「前」寫出來，並用英文説明，金錢中的「錢」和姓錢的「錢」同音、同形、異義 (homonym) ，

而這兩個「錢」又與「前」同音、異形、異義(homophone)，這樣外國讀者才會一目瞭然。

逗點問題

美國有一位小學老師對法文班的一個學生湯米．安德魯斯（Tommy Andrews）有偏見，老是找他的碴。有一天，老師寫了一個英文句子「The teacher says Tommy Andrews is a silly donkey」（「老師說湯米．安德魯斯是一頭蠢驢」），要學生譯成法文。安德魯斯故意在原文的teacher後面和Andrews後面各加一個逗點，變成「The teacher, says Tommy Andrews, is a silly donkey」。結果譯成法文後再譯回英文就變成「老師，湯米．安德魯斯說，是一頭蠢驢」或「湯米．安德魯斯說，老師是一頭蠢驢」。學生算是報了一箭之仇。

中文也有類似例子，只舉簡單一例：學生生病向老師請假，本來假條要寫「生因病，故向老師請假」，結果逗點標錯，變成「生因病故，向老師請假」。

看原文勝過看譯文

辜鴻銘所著《張文襄幕府紀聞》中有一則軼事，錢歌川先生在《翻譯的技巧》一書中引用過。內容是，有一位徐某跟隨侍郎陳蘭彬出使美國。徐某並不懂英文，但有一天卻拿著英文報看得很入神。使館的譯員看到後很驚奇，問道「你不是不懂英文嗎？」徐某回答說，「我雖然不懂英文，但我也看不懂你的譯文，所以我不如讀原文。」

記得有人說，如果譯文看不懂，還不如看原文，說不定還可看出一點端倪。但這要看一個人的原文程度。我認為，這則軼事主要在諷刺翻譯有時會淪落到不知所云的程度。

情色作品的翻譯

彼德‧紐馬克(Peter Newmark) 在《翻譯短論》(Paragraphs on Translation) 一書的一則短論中提到情色作品的翻譯。他認為，情色作品的翻譯應該比原著的情色成份稍微強一點，而不是稍微弱一點，因為情色本能是普遍性的，非文化性的，但其走向卻受到檢查制度的影響，而檢查制度可能涉及意識形態，又有政府力量涉入。他舉了幾個法文譯英文的例子，分別標出「弱」翻譯與「強」翻譯。

其中一個例子的「弱」翻譯是：「他被禁止對她進行熱身動作」，而「強」翻譯是：「他被禁止對她激起性慾」，另一個例子的「弱」翻譯是：「他們因愛而憔悴」，而「強」翻譯則是：「他們因色慾而受苦」。

一位博學的翻譯家

1980年某期的《紐約時報》有一篇訃文式文章，一開頭就說：「威拉·羅普斯·磋斯克（Willard Ropes Trask），是位翻譯家，其博學涉及史前宗教、中世紀抒情詩人、聖女貞德、普羅旺斯詩歌、波利尼西亞民歌、情聖卡薩諾瓦回憶錄、史大林主義者的警察恐怖行動，以及喬治·奚孟農的偵探小說，他於紐約大學去世，享年80…」

磋斯克在人們對經典作品的興趣式微之際，毅然投身經典作品的翻譯，堪稱具非凡遠見。我看了他所譯45部作品的書單，其中尤以12卷《情聖卡薩諾瓦回憶錄》最為醒目。但他的這部經典譯著與《聖女貞德自傳》的翻譯並列，並不令人驚奇，因為他對「神聖」與「褻瀆神聖」都感興趣，這可以從他翻譯另一部著作《神聖與褻瀆神聖：宗教的本質》看出來。

譯者也會有病態執著？

邁可·格能尼（Michael Glenny）以翻譯俄國文學大師布卡科夫的名著《大師與瑪格麗特》出名。據指出，他把dentist（「牙醫」）譯成an expert on Dante（「但丁專家」），只因dent與Dante形似？他又把俄文的浴盆vanna譯成女人的名字（vanna確實像俄國女人的名字），為這部小說增加了一個角色。最可笑的是，他把「珍雅的白日夢：掛著一個飾以薄紗衣服的禮品盒」擴大譯為「如薄紗般縹渺，乳房之間掛者一件垂飾」，據說這是因為他對女性的胸房具有病態執著（fixation）。

台灣的《大師與瑪格麗特》中譯不知是直接譯自俄文，還是根據邁可·格能尼的英譯譯出？

《在路上》的西班牙文譯本

加爾瑪（Alberto Escobar de la Garman）寫了一篇評論，指出能迪尼茲（Martin Lendinez）所譯的《在路上》的西班牙文譯本有些錯誤。《在路上》是「垮掉的一代」大師克魯亞克（Jack Kerouac）的名著，譯文有誤，當然會引起注意。

首先，加爾瑪指出，書中兩位男主角為一首爵士樂〈閉起你的眼睛〉所迷，但譯者沒有把歌詞的韻律譯好，意思也譯得不準確，「跳起舞時，讓—讓—讓它有如夢幻般」，譯成西班牙文時變成「舞中的夢」。其次，譯者幾次用banna（「香蕉」）來譯原著中提到的一個角色時所用的banna，但偏偏有一次用platano（與banna同樣的水果）來譯，自認為原作者克魯亞克詞窮，所以一直用banna，其實原作著是故意使用，以達到重複和頭韻的效果。最後，原書中兩位主角到達墨西哥，一位墨西哥官員歡迎他們，說道，「在墨西哥好好享受」，原文的「墨西哥」是「Mehico」，但西班牙文譯者卻把它改成「Mexico」，這是不應該，因為原作者努力要模仿這個字在西班牙文中的發音(“x”發 “h”音)。

機器翻譯趣事

1960年代美國和英國都投入資金從事機器翻譯的研究，又由於時值美蘇冷戰正酣，所以美英政府所感興趣的語言是英語與俄語。有一次，研究人員把英語的「the spirit is willing, but the flesh is weak」（「精神願意，但肉體虛弱」）置入翻譯機中，結果出來的俄語譯回英語變成「the volka's all right, but the meat is bad」（「伏特加酒沒問題，但肉很差」），原來，英語的「spirit」除了有「精神」的意思外，也有「酒」之意，而「flesh」的「肉體」之意當然很接近「肉」(meat)。

研究人員又把英語的「hydraulic ram」（「抽水機」）置入翻譯機，結果出來的俄語回譯成英語卻成了「water goat」（「水羊」）。原來，「hydraulic」一字跟「水」有關，而「ram」一字除了有「抽水機」的意思之外，也有「羊」的意思。

最有趣的是，把英語的「out of sight, out of mind」（「眼不見，心不煩」）置入機器後出來的俄語經英譯後是「invisible lunatic」（「看不見的瘋子」），因為 「out of sight」有「看不見」之意，而「out of mind」也有「發瘋」之意。

有趣的機器翻譯又兩例

有人把女神卡卡的一首歌〈Bad Romance〉（〈新羅曼史之戀〉或〈羅曼死〉）中的一句「You and me put on a bad romance」（有人譯成「你和我正在編織邪戀傳奇」）置入翻譯機器中翻譯，結果有54個譯文是「I love you?」後來又試了好幾次，其中一次變成：「You and I have a bad novel」（「你和我有一本不好的小說」），這難道是因為romance（有時譯為「傳奇」）和novel（「小說」）的意思很接近？還有一次機器的翻譯是「It is a terrible novel」（「那是一本可怕的小說」）。

又有人把「I regret I have but one life to give for my country」（「我很遺憾只有一個生命獻給我的國家」）置入機器中翻譯，結果有50個翻譯是「Unfortunately, I live in China」（「不幸我住在中國」）。

譯員有階級之分？

一位不諳阿拉伯文的醫生請了一位譯員跟一個病人從中東前往某地去治肺癌。醫生要譯員告訴病人及家屬說，此病很難治，建議他們回家鄉好好休養。同行的有另一位懂阿拉伯文的葉門人，結果這位葉門人發覺，譯員並沒有對病人及家屬說病人患肺癌，卻告說他們說，病人只是感染，只要服抗生素，一切會沒問題。最後這位葉門人告訴醫生說，這位譯員的社會階級比病人低，所以不能把醫生所說的實情告訴病人及其家人。

欲罷不能

《格雷的畫像》的作者、同性戀作家王爾德有一次去參加牛津大學「聖經文學與歷史」一科的口試。主考官要他把應考科目之一的新約希臘文版本譯成英文，所選的段落是「耶穌受難記」（Passion，有人誤譯為「熱情」）中的一段。王爾德譯得很輕鬆又準確，主考官很滿意，告訴他說「夠了」。王爾德不理他，繼續譯下去，主考官又說「夠了」。王爾德終於停下來，主考官對他的翻譯很滿意，但王爾德卻說，「哦，請讓我繼續譯下去，我想知道故事的結局如何。」

本間久雄與《獄中記》日譯

日本文評家本間久雄（1886-1981）是第一位譯出王爾德的《獄中記》(De Profundis)的人。他的譯本在日本文壇發揮相當大的影響力。很多日本翻譯家為這部作品的神祕氣息所迷，相繼譯出這部作品，竟達五人之多，包括辻潤及神進市子等，也有很多文人為文推薦，連畫家關根正二也沈迷於本間久雄的這部譯作，並且在日記中引用此譯的一段文字：「世界上沒有足與悲愁相比的真理」。其實，本間久雄日譯的《獄中語》還有類似的文字，如「有悲愁的地方就有避難所」，以及「在悲愁之後總是有靈魂存在」。

一部王爾德作品的日譯在日本的影響力竟如此之大，在世界文壇上恐怕少見。

如何選擇《一千零一夜》的譯本

一般人認為《一千零一夜》原本是少年讀物，其實不然，兒童或青少年版的《一千零一夜》已經把一些故事中原有的「猥褻的幽默」排除了。就算約翰·佩尼（John Payne）所譯的第一個完整版，也為了迎合維多利亞時代的道德標準而大大刪減了。費迪曼（Cliffton Fadiman）在《一生的讀書計劃》中說，「『不刪』一詞對於瞭解《一千零一夜》的完整意義與吸引力是很重要的」。他對於「幾十年以來，大刪特刪的『乾淨』本也以童書的形式出版」似乎有微詞。他說「重要的是要選擇一個忠實且未刪改的譯本來讀」，甚至在書後的「參考書目」部份再次強調「請避開刪改版和兒重版」，可見費氏的品味。看來，只有波頓爵士（Sir Richard Burton）的16卷未刪本是文學愛好者的明智選擇了。

蘋果與醫生

英文諺語「An apple a day keeps the doctor away」本義是「一天吃一個蘋果可以遠離醫生」，但現在似乎有新解，一是「每天玩蘋果（電腦），博士（學位）遠離我」（把doctor解釋為「博士」），二是「如果你的女友離開你，投向一個醫學院學生的懷抱，就每天送她一顆蘋果，讓她離開他」。

言歸正傳，這句英文諺語有押韻，要如何譯才信達雅？最常見的翻譯是「一天一蘋果，醫生遠離我」，我看到的另一個翻譯「一日一蘋果，醫生見面躲」稍嫌誇大。

美國幽默作家 Irvin S. Cobb有一本著作《A Laugh a Day Keeps the Doctor Away》，意思是「每日一笑可以遠離醫生」，我最先譯成「一天笑一笑，醫生要上吊」，發現太誇張，就改成「一天笑一笑，醫生躲得掉」。

笑與醫生

我在「蘋果與醫生」一則中提到，美國幽默作家Irvin S.Cobb的一本著作《A laugh a Day Keeps the Doctor Away》，我把它譯成有押韻的「一天笑一笑，醫生要上吊」，是太誇張了，可改成「一天笑一笑，醫生躲得掉」。最近看到一句「一天三大笑，醫生不來了」，所以Cobb的過本書也可譯成「一天笑一笑，醫生不來了」，並且也許比「一天笑一笑，醫生躲得掉」還好，因為「不來了」比「躲得掉」稍接近「keep……away」的本義。

女人下嫁男人？

英國第一位下議院女議員蘭西・亞斯托 (Nancy Astor) 自視甚高。有一次，她跟邱吉爾辯論，氣不過就對邱說，「如果我是你妻子，我會在你的咖啡中放毒藥」，邱吉爾回答，「如果我是妳丈夫，我會喝下去」。

蘭西・亞斯托的女性優越感很強，她最有名的格言是：「All women marry beneath them」，意思是「女人都嫁給比自己身份低的男人」。最近讀到一則軼事，說蘭西・亞斯托曾說，「女性當然是優越的，女人結婚都稱為下嫁」。用「下嫁」來翻譯「marry beneath」似乎是神來一筆，但如果用「女人結婚都稱為下嫁」來譯她所說的格言原文「All women marry beneath them」，就不大準確了。如同前面所言，這句話應譯成「女人都嫁給比自己身份低的男人」，或勉強譯成「女人都下嫁男人」。

妻子不如翻譯

莫瑞 (Federic Morel) 是十七世紀法國學者和印刷業者，兒子和孫子都經營印刷業。有一天，他正在專心翻譯詭辯學家與修辭學家利巴紐斯 (Libanius) 的作品時，有位信差來告訴他說，他的妻子病重，莫瑞頭也不抬，回答說，「我會很快去看她。」過了一段時間，第二位信差到達，告訴他說，莫瑞夫人快斷氣了，莫瑞回答，「再譯幾個字，我就會去。」最後，第三位信差帶來莫瑞夫人去世的消息，莫瑞卻輕描淡寫地說，「我真的很悲傷——她是一個好女人。」嘆口氣後他又很快回去工作。

莫瑞對翻譯的熱衷，比愛迪生專心做實驗而致廢寢忘食的精神，可說是有過之而無不及，世間難得一見。

卡特vs譯員

一九七七年美國總統訪問波蘭，在華沙機場發表演講。有一位叫色摩爾（S Seymour）的譯員波蘭文很菜，把卡特所說的「desires for the future」（「對未來的願望」）譯成波蘭文的「lusts for the future」（「對未來的色慾」）。卡特在演講中提到自己安全到達波蘭，色摩爾竟然譯成「總統離開美國，永不會回去。」

雖然色摩爾和卡特之間應該沒有過節，但波蘭總統格瑞克（Grierek）卻說了一句話，道出善待譯員的重要性；他說，「有時我必須咬牙切齒，表示憤怒，但是一個人卻不能對女人和譯員無禮。」

卡特總統的笑話

卡特總統在接受David Letterman的訪問時說出一則日文翻譯問題的軼事。他說，他有一次在東京發表午餐演講，想要以一則簡短的笑話做為開場白。在講完笑話後，他等待譯員譯成日文。雖然笑話很短，但譯員翻譯速度之快，還是讓卡特很驚奇，聽眾的反應更令他嘖嘖稱奇。卡特自認笑話講得很棒，心中很高興。

演講後，卡特總統問譯員是怎麼翻譯他的笑話的，譯員回答說，「我告訴他們說，卡特總統已經講了一個很有趣的笑話，現在請大家笑吧。」

毛皮鞋抑或玻璃鞋？

在灰姑娘的故事中，出現灰姑娘在舞會中留下一隻玻璃鞋的情節。但這是翻譯上的錯誤，被稱為「文學史最可怕的誤譯。」

培勞（Charles Perrault）是在十七世紀寫了這個故事，原來在描述這隻鞋子時，所用的法文原文是「pantoufle en vair」（「毛皮鞋」），但是由於vair一字在故事被譯成其他語言時已廢棄不用，因此譯者就用verre（「玻璃」）來取代vair（「毛皮」），「毛皮鞋」因此成了「玻璃鞋」，但也使得灰姑娘的故事更具童話意味，何嘗不是好事一樁。

神通廣大的譯者

據我們所知，有兩則譯事可以用「神通廣大」來形容。第一則涉及美國作家布魯諾・馬多克斯（Bruno Maddox）所寫的《我的小藍花》的義大利文翻譯。馬克多斯還未寫完這部小說之前的大約一年，就有義大利文譯本出現。馬克多斯曾說，「不要問他們怎麼做到的，我確實沒有去問。」

另一則則涉及紐約《論壇報》的創立者格利雷（Horace Greeley）。格利雷以字體潦草而致無法辨認出名。有一次，他開除了一位職員。這位職員在多年之後遇見格利雷，感謝這位老板曾寫給他一封字跡無法辨讀的短箋。由於沒人看懂短箋內容，這位職員就宣稱它是一封推薦信，自己加以翻譯，竟然找到了非常好的工作。

臨終前的禮物

羅伯．費茲傑羅 (Robert Fitzgerald) 和愛德華．費茲傑羅一樣是美國詩人與翻譯家，只是不像後者翻譯《魯拜集》那樣有名。

羅伯．費茲傑羅擔心年輕人對自己所譯的《伊利亞德》和《奧德賽》不感興趣，但他臨終前，妻子告訴他一件事，讓他相當振奮。她說，有一天，兩個年輕女人在她前面騎著單車，其中一個女人對另一個女人說，「妳知道我對他說什麼嗎？我說，『你知道赫克多的腳踝被綁著拖過塵土、血跡斑斑嗎？我希望這件事也發生在你身上。』」

這個年輕女人所說的「他」想必是她所憎恨的一個男人，而上面一個女人對另一個女人所說的話中的赫克多正是《伊利亞德》中被阿奇里斯所殺的特洛伊王子。這年輕女人引用了羅伯．費茲傑羅所譯過的古典名著情節，對他而言也足堪告慰了。

康絲坦絲・加尼特譯作的褒與貶（1）

康絲坦絲・加尼特（Constance Garnett, 1862-1946）是翻譯俄國作家托爾斯泰、杜思妥也夫斯基、屠格涅夫和契訶夫的先鋒人物，但這位女翻譯家的譯作褒貶不一。

讚美她的人有D・H・勞倫斯、海明威、龐德、康拉德。龐德說，如果沒有加尼特的翻譯，上述俄國作家就不會對二十世初期的美國文學有那麼快速的影響。貶抑她的人除了布羅斯基（Joseph Brodsky）外，最不留情面的是納博可夫（Nabokov）。他說，他不會原諒康拉德讚美加尼特所譯的《安娜卡列尼娜》，他說加尼特所譯的這部作品是個大災難，並指出加尼特的一句英譯「Holding his head bent down before him」（譯者原意應是「他傾身抱著自己的頭」）是「將這人斬頭」。

康絲坦絲·加尼特譯作的褒與貶（2）

納博可夫說，康絲坦絲·加尼特的翻譯「枯燥無味，非常故作莊重樣」，布羅斯基則說，加尼特把不同的俄國作家的作品譯得一模一樣：「英語讀者幾乎無法分辨托爾斯泰和杜斯妥也夫斯，因為他們不是在讀這兩人的文章，而是在讀加尼特的文章」，並且說，加尼特會省略、不譯不懂的部分。

雷菲德（Donald Rayfield）則說，加尼特把契訶夫的植物、鳥和魚的名字譯得很正確，所用的英文也契合契訶夫的時代。梅伊（Rachel May）對加尼特所譯的屠格涅夫作品給予很高的評價。

美國作家海明威很喜歡加尼特譯的《戰爭與和平》，其實，加尼特用接近海明威的文體譯此書，當然會贏得海氏的歡心。

我的結論是，翻譯千古事，得失寸心知。

加尼特如何開始翻譯工作

翻譯俄國文學大師作品的康絲坦絲・加尼特是在1891年在好不容易懷孕後開始學俄文。1892年，她跟未婚夫愛德華・加尼特去見一位俄國流亡份子佛科夫斯基（Volkhovsky），愛上了他。佛科夫斯基教她俄文文法，提供她字典，建議她翻譯傑出俄國文學作家托爾斯泰、杜思妥也夫斯基等人的作品。丈夫幫她出版廉價又適合年輕人閱讀的譯作，但夫妻兩人後來還是分居。

也許加尼特的俄文不是很好，她在翻譯時會為了「可讀性」而進行粉飾工作，尤其對於杜思妥也夫斯基的作品更是如此，至於完全不懂的字語或片語則完全省略不譯。

讀原文還是讀翻譯？

據報導，「使用一種以上語言能保護大腦免於認知功能下降」，這是很多學習英語者的福音，但這和「翻譯」有何關係？當然有，第一，所謂「使用一種以上語言」當然包括兩種語之間的翻譯能力，據此，從事翻譯工作的人應該會免於大腦認知功能下降。第二，這涉及本文主題「讀原文還是讀翻譯？」如果使用一種以上語言確實有那麼大好處，大家就會努力培養閱讀原文、閱讀原著的能力，但是翻譯作品會因此消聲匿跡嗎？其實翻譯工作者不必擔心，閱讀原著的能力畢竟難以培養。總之，有人會讀原文，有人會讀翻譯，每個人自有取捨，全民皆讀原文的那一天不會到來，這從台灣出版品約有四分之一都是譯著可以看出端倪。

看待翻譯的輕率態度

據說，有一次，海明威很熱心地告訴一位朋友說，他終於發現了一部托爾斯泰《戰爭與和平》的新譯本，可以一窺這部小說的全豹。他的朋友聽了後針對這個譯本下了評語：「人家都說這個譯本可以改進，我確知是可以改進，雖然我不懂俄文。」

這則軼事至少透露兩個訊息。第一，據說海明威欣賞這個譯本，只因康絲坦絲·加尼特（Constance Garnett）所譯的這個譯本的風格與海明威的寫作風格相近，這是不正確的翻譯觀；翻譯應接近原著的風格，不是接近讀者喜歡的風格。第二，海明威的這位朋友看待翻譯的態度太輕率：不懂原文的人怎麼有資格說出「我確知〔這個譯本〕是可以改進」這樣的話？

反對檢查制度的色爾澤

湯瑪斯・色爾澤（Thomas Seltzer，1873--1943）是自小移民美國的俄國人，除了會講俄語外，也精通波蘭語、義大利語、德語、意第緒語和法語，因此他選擇翻譯為志業，以翻譯高爾基的《母親》、蘇德曼的《歌中之歌》和波蘭作家普吉比熱斯基的《人》等名著出名。

色爾澤於1919年成前立「湯瑪斯・色爾澤出版社」，把D・H・勞倫斯的作品介紹給美國大眾。由於他出版爭論性作品，出版社於1922年遭「紐約防制罪惡協會」搜索，以致勞倫斯的《戀愛中的女人》、薛尼茲勒（Arthur Schnitzler）的《情聖回家》和無名氏的《一個年輕女孩的日記》全數被沒收。但色爾澤並不退讓，反而聘請律師反撲，雖然獲勝，卻再度因《戀愛中的女人》一書被起訴，最後因出版業而破產。就某一意義而言，他是位「殉道」的翻譯家和出版家。

約瑟・馬提與翻譯

約瑟・馬提（Jose Marti，1853--1895）是古巴偉大詩人、愛國者。他一生富傳奇色彩，支持古巴獨立運動，是位詩人，卻曾打游擊戰，是極端右派，也是左派份子，曾被判六年勞役，一八九五年在一次小規模作戰中喪命。他寫過一首詩〈我希望離開世界〉，最後一句為「我是好人…希望死時臉孔面對太陽。」有人納悶，為何他的事蹟沒有像切瓦拉一樣搬上銀幕。

馬提跟色爾澤（Thoma Seltzler）一樣精通多種語言，包括英文、法文、義大利文、拉丁文，甚至古希臘文，適合從事翻譯工作，曾翻譯很多文章和小冊子為英文。雖然他沒有提供有系統的翻譯理論，卻喜歡隨手寫下翻譯心得，因此意識到翻譯的困境：「忠實」vs「美」，又說，「翻譯應該很自然，好像是以譯入語寫成。」關於前者，我認為，翻譯沒有「忠實」與「美」對立的問題，一旦忠實，自然就美了。關於後者，梁實秋先生說過，翻譯有翻譯體，不同於創作，馬提主張翻譯要「好像以譯入語寫成」，這就跡近創作了。

夫妻檔翻譯家

艾爾默・莫德 (Aylmer Maude, 1858--1938) 和露易絲・莫德 (Louise Maude, 1855—1939) 是相當認同托爾斯泰理念的托爾斯泰作品夫妻檔翻譯家，丈夫專譯托翁的非小說作品，如《什麼是藝術》，妻子則負責托翁的小說部份，如《復活》。丈夫在一九三八年去世時，報紙以頭條封他為「托爾斯泰的權威」和「托爾斯泰的朋友」。

艾爾默・莫德晚年致力於出版托爾斯泰全集，獲得文學巨擘如蕭伯納、柯南道爾、H・G・威爾斯、哈代等人簽名支持。有趣的是，有一位康絲坦絲・加尼特 (Constance Garnett) ——被納博可夫貶為一文不值的俄國文學翻譯家——的仰慕者寫了抗議信，但簽署的動作還是持續不輟，最有力的武器也許是艾爾默・莫德的那句話：「托爾斯泰授權我的妻子翻譯《復活》。」

翻譯能力考試作弊導致美軍傷亡

2010年9月9日《環球時報》有一篇報導說，美軍駐阿富汗部隊的隨軍翻譯有四分之一沒通過資格考試，且資格考試是經由電話進行，導致作弊或事後篡改分數的現象出現，很多翻譯人員未達政府規定的標準。

根據這篇報導，「一個熟練的翻譯〔人員〕抵得過一件精良的武器或堅固的盾牌」，但如果翻譯凸槌，美軍會遭遇到很多不必要的傷亡，例如士兵們進入一個地方時，當地人會來提供訊息，如「前面三英里可能有埋伏」，但如果翻譯人員聽不懂，美軍就會白白犧牲生命。

台灣已有翻譯資格認證制度，但考試要好好把關，以免將來因翻譯出問題而造成生命財產損失的情事。

紅樓夢英譯

看到一篇談中國古典文學英譯的文章，提及《紅樓夢》中的襲人不是「襲擊男人」的意思，而是取自「花氣襲人知晝暖」，可譯成「Aroma」（「香氣」）。又司棋這個丫鬟中的「棋」不應是象棋，而是圍棋。最可笑的是，有人把黛玉譯成Black Jade（黑色的玉）。「黛」固然有「黑」之意，但這只譯出表面的意思，何況，jade在英文中也有「蕩婦」之意。

問題當然不只這些，例如元春、迎春、探春、惜春的英譯就算中規中矩，但四個人名字第一個字組合成的「元迎探惜」（「原應嘆息」）的弦外之音，不知是否有英譯著以譯註的方式向英文讀者交待？

眼高手低

泰戈爾作品名譯家、前上海譯文出版社社長孫家晉前不久以九十二高齡去世。他生前認為，編輯、翻譯最怕眼高手低，曾有這樣一段話：「編輯往往眼高手低，等你自己上手，就可能把作者的東西改壞了，結果更差。改掉這一毛病的辦法，就是編輯本人也翻譯一點東西，從中可以體會翻譯的甘苦…」

我讀了這段話深有同感，因為我本身曾身受其害，翻譯作品常被出版社編輯改得面目全非，不然就是看到不順眼之處就亂刪一氣。亂改亂刪的編輯有兩種，一是像海明威的友人所説的，「我確知這個〔俄譯英〕譯本可以改進，雖然我不懂俄文。」當然這種編輯很少。二是編輯的外語能力強，但卻懶得對照原文來修改，譯者只好剉咧等。孫明晉先生説得好，「改掉這一毛病的辦法，就是編輯本人也翻譯一點東西，從中可以體會翻譯的甘苦。」總之，修改譯文切忌好為人師、眼高手低。

翻譯作品的隱憂

中國大陸第五屆魯迅文學獎中的文學翻譯獎從缺，有人指出其中的兩點隱憂。其一是商業操作影響圖書市場，搶譯、趕譯加上責任編輯普遍不對照原文，使得翻譯作品品質低劣。二是文學翻譯的恰當地位沒有確立，譯著在中國被視為文學附屬品，加上文學翻譯稿酬低，三年一度的魯迅文學獎評不出一部優秀文學翻譯作品。

這兩點隱憂其實也出現在台灣的翻譯作品上，第二點尤然，以前獲得金鼎獎的翻譯作品以非文學作品居多，就算是文學作品，也不是經典。被忽視而致沒有譯出的文學作品，已在暗夜中哭泣，不知將伊於胡底。

如此譯詩

最近看到一本中國大陸的《布雷克詩選》譯作在台灣以繁體字出版，只讀了其中一首長詩的翻譯就發覺，譯者隨心所欲處理原詩的押韻，譯得出就譯，譯不出就作罷。押韻是文體很重要的一部份，怎麼可以便宜行事？此外，將butterfly（蝴蝶）譯成「蜻蜓」，將enmity（敵意）譯為「致意」（應為簡繁體字轉換時的錯誤），把「Some to misery are born」（「有人生於痛苦中」）譯成「有人為著痛苦而出生」，都是明顯錯誤。

這首譯詩佔了全書的大約二十分之一，其他部份可想而知。希望出版社在出版中國大陸譯作時做好把關工作，才不會損害到原著的價值、誤導讀者的認知。

從卡佩克作品的新譯本談起

捷克作家卡佩克（Karel Capek, 1890--1938）的短篇作品集《偽造的故事集》最近有新譯本出現，我看到一篇譯評指出，新譯本的譯者在前言中說：新譯本和舊譯本的不同之處是，新譯本使用更新過的語言。這篇譯評的作者說，他讀到這句話就不喜歡這新譯本了，因為《偽造的故事集》的原作者卡佩克喜歡舊式語言，為了更新語言而不顧舊式語言，會傷害到原著的文體或風格。再者，所謂更新過的語言，是更新舊譯本的語言？還是更新原作者的語言？如果是前者，那還不如專注於原著的語言，如果是後者，新譯本譯者就不是在翻譯，而是在改寫。

試想，如果我們用最現代的語言來翻譯古老的《伊利亞德》，總不能以「飛機大砲」來取代「刀光劍影」。譯者必須揣摩當時的戰爭情景，也必須忠於原著的語言，問題是，這樣的譯著會吸引多少讀者？

這句話怎麼譯

有一篇文章，談到中國大陸的中級口譯筆試中有一個英譯中句子：Russia is a huge geographical country, with well educated people and will eventually recover，有考生譯成「俄羅斯土地遼闊，人民受到很好的教育，終將恢復元氣。」文章的作著說，如果譯成「俄羅斯地廣人傑，東山再起指日可待」，閱卷老師會眼前一亮，忍不住給印象分。我的看法是：原文不是成語，就不必譯為成語。「地廣人傑」是「地廣人稀」或「地靈人傑」改一個字而來，嚴格說來不算成語，還可接受，但「東山再起」是成語，雖然意思跟recover很接近，但把非成語譯成成語，畢竟是文體的不忠實，不知方家們意下如何？

附言：

有一位金雲騰先生在報上看到這一則，由報社轉來一封信，大意是，他建議把這一段英文譯成「俄羅斯是個地理上遼闊的國家，有受到良好教育的人民而將逐漸復甦」。

性騷擾式的中式英文

傳建中先生在《絞架幽默》一書的〈不要麻煩對不要打擾〉一文中，談到哈佛大學費正清中心的研究員譚若思提到有某旅館掛了一個牌子，上面寫著：Please take advantage of the chambermaid，直譯是「請利用房間女侍應生」，其實這是中式英文，因為take advantage of有「利用」、「佔便宜」之意，因此可能有性騷擾的含意。

這讓我想起另一則性騷擾式的中式英文。有一位國中程度的男生，英文很遜，受雇於一家公司，有一天向朋友炫耀女老板待他不薄，吃住免費，並順口說出一句英文：I eat her, I sleep her（「吃她睡她」的英文直譯）。前半段太殘忍，後半段太煽情。

第一手翻譯與第二手翻譯

英國十九世紀文學家卡萊爾把歌德的《威廉邁斯特》譯為英文，是譯界一大貢獻。中國大陸有歌德這部作品的中譯，應是直接譯自德文。基於卡萊爾的德語和英語功力，他的英譯當然可以信任。現在假定有一人不諳德文，但中英文皆佳，於是根據卡萊爾可以信任的英譯《威廉邁斯特》把它譯成中文。又有一人德文不如卡萊爾，但直接把德文的《威廉邁斯特》譯成中文。哪一者會是較好的譯作呢？我想也許是前者吧。雖然它是第二手翻譯，但譯者對卡萊爾的英文的掌握和卡萊爾對原始德文的掌握都很優秀，勝過後者雖然是直接譯自德文的一手翻譯，但對原始德文的掌握不如卡萊爾。

翻譯的八個步驟

《鐵約翰》的作者羅伯‧布萊（Robert Bly 1926--2021）寫了一本小書《翻譯的八個步驟》，除了〈翻譯的八個步驟〉一文之外，也選了他所譯的十首詩，譯出語包括挪威文、瑞典文、德文、義大利文、法文、西班牙文、普羅旺斯文，成就非凡。〈翻譯的八個步驟〉一文以德國詩人里爾克的第21首「給奧菲斯的十四行詩」為例，提供他翻譯此詩的八個步驟，包括先直譯、發揮聽覺能力、修改、請精通譯出語的人幫助等等，步驟竟達八個之多，其嚴謹態度無人能出其右，但這種嘔心瀝血的過程其實不見得會得到應有的評價，難怪魯迅要說，譯詩是吃力不討好的事。

別林斯基的翻譯觀

別林斯基（Belinsky,1817--1848）是俄國著名文學批評家與新聞記者。論者認為他的文學批評偏重社會性，其實他也意識到藝術特性，這點可以從他對翻譯的看法略知一二：「在文藝翻譯中，不允許有刪節，不允許有增添，也不允許有改換。如果作品中有缺點，也應當忠實地轉達過來。這樣翻譯的目的是對不懂外語的讀者盡可能代替原作，使他們得以欣賞並評論它。」（引自張放〈譯事閑話〉一文）別林斯基重視文藝翻譯，表示他對文藝本身的重視，而他以「忠實」為文藝翻譯的唯一標準，與他堅持果戈里是寫實主義者有異曲同工之妙。

沉睡的牛仔褲

在網路上看到有人把「猴子合唱團」的一曲〈白日夢信徒〉（Daydream Believer）歌詞譯得一塌糊塗。Cheer up, sleepy Jean（「振作吧，愛睡的珍」）譯成「振作起來吧！沈睡的牛仔褲」。Oh, and our good times start and end/Without dollar one to spend/But how much, baby, do we really need（「哦，我們美好的時光從開始到結束／沒有花一塊錢／其實，寶貝，我們真正需要多少錢呢」）譯成「噢！我們的美好時刻，從開始到結束／沒花一文錢／但寶貝，妳要多少？我們真的需要嗎」。把很美的歌詞譯得如此不堪，只能以「焚琴煮鶴」來形容。

燒不勝燒

英國宗教改革家丁道爾（William Tyndall, 1492—1536）新譯的新約聖經出版後，有一位倫敦主教認為丁譯新約聖經錯誤百出，就透過一個商人搜購這個譯本來加以燒毀。丁道爾樂於賣出自己擁有的大量譯本，再用所得印出更多的譯本。

這位倫敦主教透過商人搜購完之後，發現還有很多丁譯新約聖經在流傳，就找來這個商人要問明原因，商人說：「我已經搜購了全部丁譯新約，但丁道爾又印了，唯一的方法是把活字版與印刷機也買下來。」主教聽了無可奈何，也不置可否。

開頭就不對勁

一個英國商人要到莫斯科發表俄語演講，請人把英文稿譯成俄文。他不懂俄語發音，所以又請人用英語來標註。但到達莫斯科後，他才發現，演講開頭的「女士先生們」沒有譯成俄文，於是他到旅館的洗手間，看到男人走進一個洗手間，女人走進另一個洗手間，就把門上的俄文記下來做為演講的開始用語。

演講結束後，俄國人很讚美他用俄語發表演講，但主持人卻說，「我們不是很確定，你為何在開始時稱呼我們為『盥洗室』和『小便所』…」

柏林人變成甜甜圈

1963年，美國總統甘迺迪在當時剛被柏林圍牆隔開的西柏林市政廳外面發表了很長的演講，其後半段是：「身為自由人，我對於Ich bin ein Berliner（「我是柏林人」）這四個德文字感到驕傲。」甘迺迪花了將近一小時請教Frederick Vreeland和他的妻子才敲定這四個德文字以及其他德文字的發音。事實上，他只要用Ich bin Berliner三個字（不用「ein」一字）就可以傳達「柏林人是自由人」的想法，因為「Berliner」前面多了「ein」一字後就變成一種類似甜甜圈的海棉蛋糕，「我是柏林人」就變成「我是甜甜圈」了。

百事可樂與可口可樂的口號

百事可樂成為風行全世界的飲料時，打出了一個口號，「Come alive with Pepsi」（「喝了百事可樂，變得生氣蓬勃」），只是這個口號在譯成德語時回譯成英語卻成為「Come alive out of the grave」（「從墳墓活回來」），而在譯成中文時則成為「百事可樂讓你的祖先活回來。」

可口可樂曾在北京登了一則廣告，「Put a Smile on Your Face」（「讓你的臉上露出微笑」），但譯成中文後卻變成「讓你的牙齒高興」。更奇的是，有名的口號「It's the Real Thing」（「這是真實的東西」）變成了「大象咬蠟鴨」。

床墊與水手

一個英國女人到法國旅行，發現旅館的床睡起來很不舒服，就認為床上沒有放床墊，於是跑到櫃檯抱怨，但她卻用了「matelot」（「水手」）這個字，而不是「mattress」（「床墊」）這個字。櫃檯人員不知道她的意思，這個英國女人很生氣，用法語大叫說，「Je demande un matelot sur mon lit！」（「我要床上有一個水手！」）。旅館老板獲知這個奇怪的要求後用法文說道，「Ah, les anglais！ Quelle nation maritime！」（「啊，英國人！多麼海洋性的民族！」）。

睡袋與性

一個在中國大陸唸書但中文不靈光的美國女孩想要買一個睡袋，就到一家賣野外用具的店，說明她要睡覺的東西，要到外面睡。店員很緊張地說，「不可以。」

女孩知道店裡有賣睡袋，於是她決定使用手勢來表示。她看著自己有拉鍊的運動衫，用中文說，「看，看，這個東西，」並且生氣地把拉鍊拉上拉下。但店員仍然不安地搖頭，女孩只好忿忿地離開，心想有一個譯員多好。

「要到外面睡」的說詞以及拉拉鍊的動作實在太具性誘惑的意味了。

Benefit of the doubt怎麼譯？

我讓學生翻譯湯瑪斯・卡萊爾（Thomas Carlyle）的一句話為中文：If you are ever in doubts as to whether or not you should kiss a pretty girl, always give her the benefit of the doubt.

這句話在玩doubt一字的文字遊戲，但重點是其中的the benefit of the doubt如何譯？我看到的一個譯文是「如果你在猶疑是否應該親吻一個漂亮的姑娘的話，就給她有利的判決好了。」雖然接著譯者對the benefit of the doubt加以解釋，但仍然沒有讓人了解「給她有利的判決好了」是什麼意思？是吻？還是不吻？根據字典，give…the benefit of the doubt的意思是「給…有利的考慮」，我認為，這句英文後半部意思是，不要對她有「不想被吻」的懷疑，因為就西方禮俗而言，吻女人臉頰是禮貌，因此我建議將整句譯為「如果你『懷疑』是否要親吻一個漂亮女孩，那就不要對她有不利的『懷疑』，吻她好了。」這個翻譯兼顧原作者使用兩次doubt，當然也可以來個譯註，說明西方人的吻禮。

無獨有偶，某日看到報紙上台灣一位駐美特派員的一篇特稿，報導美國人孟儒（Ross Munro）批評當時的陳水扁總統製造台海危機，裡面有一句話是「孟儒的結論是：儘管美台實際上聯盟的關係的要素還在，但布希總統不會再對陳總統『存疑了』（give President the benefit of the doubt）。」在「存疑了」後面附上英文，等於自暴其短，因為他把give…the benefit of the doubt譯錯，以致語意矛盾。根據give…the benefit of the doubt的原意，後半句應該是「但布希總統不會再給陳總統有利的考慮了。」

江青的「不見得」

讀國中時聽過一個英文笑話，說是台灣的「四健會」女會員英語不靈光，聽到外國人讚美她們長得美時，卻把客氣的「哪裡，哪裡」直接翻譯，答以，where，where，害得外國人只好好人做到底，回以everywhere。

後來在大學教翻譯，讓學生做口頭報告，有一個學生講了一個類似笑話，主角卻換成毛婆江青，且多了更精彩的一部份。內容是這樣的：

江青接見外賓，找了一位口譯人員。外賓見到江青，先拍馬屁說：Miss Jiang, you are very beautiful. 口譯人員照譯，江青喜在心中，還要謙虛地說：「哪裡，哪裡。」口譯人員譯成Where? Where? 外賓也是好人做到底，答以：Everywhere。口譯人員對江青說，「他說妳到處都漂亮。」江青又客氣，說道，「不見得。」口譯人員則對外賓說：

You are not allowed to see（你不准看）。似乎還有另一個版本，說此時口譯人員的翻譯是：Some place cannot see（有些地方不能看）。這個版本也很傳神，且點出口譯人員英文很菜。

笑話歸笑話，在這種情況下，「不見得」要怎麼譯呢？我的建議是：Not necessarily so，希望方家有以教我。

某郵局的一則中譯英

在一所國立大學的出租信箱上方看到一則中譯英如下：

「開信箱的先生小姐們：開出的信件如非貴信箱者，請送交郵件或信箱窗口。

Ladies & Gentlemen: Letter which is not belongs to the receiver，please bring it to the service counter」。

首先，這是典型的中文直接譯成英文，英文文法不通。簡單地說，應把bring後面的it換成開頭的letter which...receiver。其次，letter which...本身也有問題，因為belong不是形容詞，而是動詞，所以前面不能用be動詞（is、are等）。belong前面用be動詞是國人學英文的罩門之一。我參加過一個旅行團，領隊英文嘎嘎叫，但她還是犯了這樣的一次錯。其三，letter是可數名詞，應該用複數或加冠詞。

我把譯錯的地方告訴郵局，並教他們如何改正。後來他們乾脆把這個中譯英的看板廢掉了。

兩位勞倫斯與翻譯

很湊巧，兩位有名的勞倫斯，即D.H.勞倫斯（《兒子與情人》等作品的作者）和T.E.勞倫斯（「阿拉伯的勞倫斯」），除了創作之外都有翻譯作品。前者諳義大利文，把很多義大利作家的作品譯成英文，包括維加（Garcilaso de la Verga）的《鄉村騎士》。後者精通法文，曾用假名把法國作家勒·柯伯（Le Corbeau）的名著《森林巨人》譯成英文，經多年後，人們才獲知譯者的真實身份，可見「阿拉伯的勞倫斯」的神秘作風。

教翻譯的人或從事翻譯的人不像你想像的那樣

有人知道我教翻譯，常常把我當做英文中譯或中文英譯的百科全書，最常問我某個中文詞英文怎麼說。其實教翻譯是教學生怎麼翻譯才算好，以及如何判斷翻譯的良窳，不一定懂得很多中文的英文說法。

又我譯了不少情色方面的作品，妻子的同事知道後，以曖昧的口吻揶揄她，言下之意好像我這個人很色，妻子因此責怪我。但我認為她的同事誤把譯者當作者，其實就算作者寫情色作品，也不見得他／她很色。

梁編漢英字典擷趣

有一次，我忽然想不起「鄉巴佬」英文怎麼說，只記得類似「南瓜」的英文「pumpkin」。查梁實秋先生主編的漢英字典，「鄉巴佬」和「土包子」果然譯成pumpkin，但查英漢字典的pumpkin並無此義，後來才記起是bumpkin。一個母字母之差，卻失之千里。

此外，我也發現，梁編漢英字典把「豬腳」譯成pig's feet，但通常「豬腳」應是食物（如德國豬腳），如純指豬的腳部，就不必列入漢英字典了。正確的翻譯是pork knuckle。

兩位譯者
怎麼把這句話譯成相反？

丹麥作家Jens Jacopsen所著的一本齊克果、里爾克等名家都喜歡的名著《女妖之音》（Niels Lynne），有兩個英譯本，在快終了的地方，同一句話兩個英譯本的翻譯竟然意思完全相反，一個是「I would much rather bless the one who does not change his mind at the end」，另一個是「I would much rather save the man who was converted at last moment」，前者中的「does not change his mind」是「沒有改變心意」，後者中的「was converted」是「改變」（信仰）。難道是印刷上的錯誤（如後者之中，was後面少一個not）？真想知道丹麥文原文的真正意思。一定有一個譯本是錯的。

她幾歲不關妳的事

在美國某個家庭中，一天母親對小女兒說，「I wish you would run across the street to see how old Mrs Brown is this morning」，意思是說，「我希望妳到對街去看看老布朗夫人今晨情況如何」。結果女兒回來竟然說，「Mrs Brown say it's none of your business how old she is」（「布朗夫人說，她幾歲不關妳的事」）。其中的關鍵在於「old」一字。如果old是用形容Mrs Brown，那就是「老布朗夫人」，如果把how old連在一起譯，就是「幾歲」。

另外兩則跟how與old有關的句子

第一則是純開玩笑的：有人把「How old are you」譯成「為何老是你？」

第二則是法國作家雷納德（Jules Renard）的例子。他有一句名言是這樣的：It is not how old you are but how you are old。雷納德顯然在玩弄文字。這句話可以譯成「問題不是你有多老，而是你怎麼老的」。

Successor不是「成功的人」

馬總統的bumbler話題正夯的時候，我有一天聽到某位立委在談話性節目中說，「如果馬總統……，他就不是bumbler，而是successor」。他這樣說，好像要把successor當成「成功者」，與bumbler相反。但successor的意思看起來是「成功者」，其實是「繼承者」，它是succeed的另一義「繼承」的名詞。若是用successful man或achiever，也許比較正確。

四十年譯道德經

勒·古恩（Ursula K.Le Guin）是美國女性科幻小説家，以《黑暗的左手》一書知名，三部曲《地海》雖是兒童文學，也為廣大成人閱讀。比較不為人知的一面是，她曾花了四十年時間研讀中國老子的《道德經》，將之譯成英文，因此她的創作也深受道家影響。

四十年譯成一部短短的作品，恐怕也是空前絕後。有外國作家把她的英譯比喻為「沙漠中的水」，還有作家有股衝動，想去讀原始中文。最有趣的一點是勒·古恩把這部英譯用自己的聲音錄成錄音帶，聲音很美，有如流水，深沉、豐潤又透露人間味，據説是因為長期浸淫在「道」中的自然結果，刻意訓練也不足以畢其功。

「春天後母面」的英譯

這句台灣俚語可以譯為英語的「The weather of spring is as changeable as a stepmother's face」，意思是，春天的天氣就像後母的臉那多變，但我的學生卻有人把它譯成「A stepmother's face is as changeable as the weather of spring」，意思變成「後母的臉跟春天的天氣一樣多變」，雖然道理通，但主體（主角）卻從「春天」改變為「後母」了。

翻譯像女人

義大利格言說，「翻譯像女人，忠實就不漂亮，漂亮就不忠實」，西洋人也說，「翻譯即叛逆」，都在強調翻譯忠實的重要與難為。作家羅伊．肯普貝爾（Roy Campbell）更說，「翻譯（像妻子），如果有點吸引人，就很少是非常忠實的」。倒不曾聽說有女性主義者出來反駁，只有身為男人的梁實秋先生站出來說，「這句話（第一句義大利格言）簡直是汙辱女性。美而不貞者固有之，貌美又忠貞者如恆河沙數。」

好在這句格言的重點是「翻譯像女人……」，不是「女人像翻譯……」，其間還是有差別，就像我讓學生譯「春天後母面」為英文，偏偏有學生譯成的英文是「後母面像春天」，莫非他們對後母面的多變有刻苦銘心的經驗？雖然把春比喻為後母面，和把後母面比喻為春天，都有道理，但重點畢竟不同。

再談「翻譯像女人」

我在「翻譯像女人」一則中，提到義大利格言說，「翻譯像女人，忠實就不漂亮，漂亮就不忠實了」，也提到作家羅伊，肯普貝爾（Roy Campbell）說「翻譯（像妻子），如果有點吸引人，就很少是非常忠實的」。

但我卻發現，有人認為，所謂的「翻譯像女人，忠實就不漂亮，漂亮就不忠實」是俄國格言，不是義大利格言，甚至有人，如名英語專家喬志高，認為它是法國格言，不是義大利格言。是哪一個格言其實不重要，重要的是這句話的真實性。但我又發現，這句格言還另有三位不同作者：

（1）波蘭詩人朱利亞·吐溫（Julian Tuwin）。

英文譯文是「Translation are like women. Beautiful are not faithful. Faithful are not beautiful」。

(2) 卡爾·伯川（Carl Bertrand，生平不詳）。英文是「Translation are like women. When they're beautiful, they're not faithful, and when they're faithful, they're not beautiful」。

(3) 俄國詩人葉甫根尼·葉夫圖申科（Yevgeny Yevtushenko）。英文是「Translation is like a women. If it is beautiful, it is not faithful. If it is faithful, it is most certainly not beautiful」。

(1) 之中用了複數，沒有顯示主體是「翻譯」還是「女人」。(2) 之中也是用了複數，看不出主體是「翻譯」還是「女人」。(3) 之中用單數，顯示主體是「翻譯」不是「女人」，如同我在「翻譯像女人」中所說的，主體應是「翻譯」，不是「女人」。看來，這句話很有名，所以至少有三個人想分一杯羹？

自打嘴巴的翻譯

英國詩人頗普（Alexander Pope）有一句名言「To err is human, to forgive divine」。犯錯是人（性），原諒是神（性）。李紹明先生的短文〈人，錯誤及其他〉中指出，在譯to err is human（人易犯錯）時，我們很容易套用中文成語「人非聖賢，孰能無過」，殊不知，這樣一譯，就與頗普的後一句to forgive is divine（神原諒人犯錯）有所牴觸，因為頗普的原意是：人的錯只能由神來原諒，如果你說「人非聖賢 ，孰能無過」，那就表示你（人）扮演神的原諒角色了。

當然，這是西方人（至少頗普)的觀點，一般來說，一個人犯了錯，別人當然可以原諒他，不一定只有神才可以原諒。我寫這一則的目的在提醒：翻譯外文時不要隨意套用中文成語，中西文化畢竟不同，我們應該儘可能把外文中的文化介紹給中文讀者。

熟悉生輕蔑

英文的familiarity breeds contempt（熟悉生輕蔑）實在是一句至理名言，孔子也說過「君子之交淡如水」，乃因人彼此太熟的話，會看清彼此的弱點，不再尊重對方。

羅納·黎奧（Ronald Ridout）和克利福·維亭（Clifford Witting）所著的《英文格言解說》一書的中譯者把familiarity breeds contempt譯成「狎暱產生輕蔑；熟稔造成輕忽」，再加上四句同義的格言：「僕人眼裡無英雄」、「河裡淹死會水的」、「善游者溺，善騎者墮」、「淹死的是會水的，打死的是會拳的」。原作者也引用了四句類似諺語，其中有「先知除了在本鄉之外，沒有不受尊敬的」，以及「距離產生美感」。根據我蒐集的資料，又可以再加四句：「虎生猶可畏，人熟不堪親」、「近廟欺神」、「近之則不遜」，以及「日久翫生」。中外有這麼多類似說法，可見道理的真實程度。

馬克吐溫在「熟悉生輕蔑」文後加上四個字，成為「熟悉生輕蔑——以及孩子」。看來，熟悉除了能生孩子之外，其實是「傷很大」的。

梁實秋翻譯獎題目中的兩行詩

2019年梁實秋翻譯獎譯詩組題目中，有兩行文字很關鍵，但評審並沒有提出來討論。

這兩行詩是「Below shoulder not once/Seen by man who kept his head」。從字面來看，這兩行的意思似乎是「肩膀以下從未／被清醒的人看過」，但我看過一則英文解釋是「people lose their heads when they see him」，意思應該是「看到他肩膀以下的人，都無法保持鎮靜」。得首獎者把這兩行譯成「肩膀以下，從來沒有／被任何一個活人瞧過一次」，也許他別的地方譯得比較好。有一位得獎者譯為「肩膀以下沒有誰／從從容容地見過一次」，算是比較接近的。

這是美好的老譯本？

賴慈云教授在其《譯難忘　遇見美好的老譯本》的導讀中，列舉了很多美好的老譯本，其中有很多都是經過「轉」譯的，如《巴黎茶花女遺事》是留法者口述，再以文言文筆譯；《十五小豪傑》是先從英文譯為日文，再從日文譯為中文；阿拉伯文的《天方夜譚》是從英譯本轉譯；德文的格林童話是從英文轉譯；法文的《坦白少年》是從英文轉譯；德文的《渦堤孩》是從英譯本轉譯；義大利文的《十日清談》是從英譯本轉譯；俄文的《戰爭與和平》是從日文轉譯。既然不是從原文譯出，就不可能是忠實的，也就不可能是「美好」的。翻譯不涉及「往昔美好的日子」(good old days)，而是要看是否符合翻譯的標準，所以我們追求的是譯自原文的美好的「新」譯本。

六行詩及其翻譯

在網路上看到六行詩及其翻譯如下:

No one is an entire of itself.

Each one's death diminishes me.

For I am involved in OneKind.

Send not to know,

For whom the bell tolls;

It tolls for thee.

(derived from John Donne)

有生非孤島

焉能獨自存

覩彼之喪

猶若己失

族也

鐘為汝鳴
誰家莫問
(唐鳳譯)

這六行英文詩是從John Donne的原詩中抽取幾行拼湊而成，並改動幾個字。照理應譯成六行中文，但並沒有，好像是唐鳳的遊戲之作，不必認真看待，讀者可自己找原文來對照。不過最後兩行中譯倒是譯得很好。

一個英文姓的三種中譯

Guinness這們個英文姓有三個中譯。第一是啤酒「健力士」創立人Arthur Guinness的「健力士」，第二是影星Alec Guinness的「堅尼斯」，第三是金氏世界記錄Guinness World Records的「金氏」，而「金氏」的由來是，健力士酒廠的董事和另一個人創立了「金氏頂級有限公司」(Guinness Superlatives Limited)，同一個字Guinness，其中譯從「健力士」變成了「金氏」。

就發音而言，這個英文字的中譯比較接近「金尼斯」。之所以譯成「金氏」，可能是因為它是個姓氏，而其英文第一節的發音接近「金」。

漢英字典查不到「乳溝」的英譯

我查遍我的所有漢英字典，包括梁實秋編的《最新實用漢英辭典》、文橋出版社編的《簡明漢英辭典》、旺文社編的《旺文現代漢英辭典》、顏元叔主編的《萬人簡明漢英辭典》、蘇生豪編的《活用漢英辭典》、張天星主編的《最新當代漢英辭典》，甚至林語堂主編的《當代漢英詞典》，就是找不到「乳溝」的英譯。難道這是個髒字？但是也許我有遺漏，讀者可以上窮碧落下黃泉找找看。

「乳溝」的英文是cleavage。

我在一本中譯作品中找碴？

市面上有一本中譯作品《101場世界名人相遇時》，厚達500多頁，我大約看了「101場」中的6場就發現5處譯錯了。

首先，譯者把you have a marvelous ear譯成「你有個令人驚嘆的耳朵」。耳朵怎麼可能只有一個？另一句I forgot that I had a big mouth and that I wasn't afraid of anyone譯成「忘了我有張大嘴，忘了我誰都不怕」，這是在講馬丹娜第一次見到瑪莎格蘭姆，講不出話來，這跟瑪丹娜有張大嘴有何關係？所以應譯成「忘了我是快人快語」。a marvelous ear、a big mouth，就像a sweet tooth一樣，都不是在形容生理上的特徵。

此外，譯者把defying any sort of speedy solution譯成「打敗了任何快速完成的答案」，正確的譯法是「無法快速解答」，又把The two of them

barely look at one another, let alone touch 譯成「兩個人只是看著對方，讓孤單的感覺接近心頭」，其實應該是「兩個人幾乎沒有看對方，遑論觸碰了」。

不要在看到kill時老是想到「殺」或「死」

蘇正隆教授曾指出，某一版本的《麥田捕手》中譯，把第一章第一段的一句話「It killed me」誤譯成「這使我難過得要死」，其實應該是「絕透了；令人拍案叫絕」，意思差一萬八千里。

英文She was dresses to kill也不是「她穿衣服要去殺人」，而是「她穿得很漂亮」，或「她盛裝」。

英文「…the various newspaper coupons through which he hopes to make a killing」，並不是「…他希望藉由各種報紙優待券殺戮一番」，這兒的「make a killing」是「大賺一筆」。

一首英文詩的
國語翻譯與台語翻譯

英文詩是這樣的：

I love three things in the world

Sun, Moon and you

Sun for morning

Moon for night and you forever

國語的翻譯：

浮世三千，吾愛有三：

日、月與卿

日為朝，月為暮

卿為朝朝暮暮

台語的翻譯：

世間阮愛三項：

愛日頭，愛月娘

擱愛你，愛日頭天光時

愛月娘暗頭時，愛你是不管時

我的評語是：翻譯都有點過份，但各擅勝場，難分高下。

加油添醋的翻譯

有一本談男女親密關係12步驟的中譯作品，把12步驟翻譯如下：

1.Eye to body

第一步，目對體——驚鴻一瞥

2.Eye to eye

第二步，目對目——眉目傳情

3. Voice to voice

第三步，話對話——互通款曲

4.Hand to hand

第四步，手對手——攜手挽臂

5.Arm to shoulder

第五步，臂對肩——勾肩搭背

6.Arm to waist

第六步，臂對腰——輕攬柳腰

7.Mouth to mouth

第七步，嘴對嘴——一親芳澤

8.Hand to head

第八步，手對首——撫摩螓首

9.Hand to body

第九步，手對身——祿山之爪

10.Mouth to breast

第十步，嘴對乳——新剝雞頭肉

11.hand to genitals

第十一步，手對私處——尋幽探勝

12.Genitals to genitals

第十二步，陰對陽——乾坤好合

我的評語是：譯者好像在炫耀他所懂的成語，這種過度加油添醋的翻譯，把一本學術作品譯得像言情小說了（至少就這部份而言）。

直譯的驚喜

曾泰元教授在〈「脫褲子放屁」英譯的明星效應〉一文中提到，獲得七十八屆金球獎的英國知名女演員羅莎蒙派克在喜劇性談話節目中，把中文的「脫褲子放屁」直譯成「taking your trousers off to fart」，現場爆出笑聲。

這是「脫褲子放屁」的英文直譯。那麼意譯呢？曾教授提供的是「to gild the lily」（給百合花鍍金）。照理說，中譯英是給外國人閱讀的，應該譯成「to gild the lily」，但是英語讀者看到「taking your trousers off to fart」，照樣看得懂，就是「to gild the lily」的意思，但會有驚喜感，這就是所謂的「異化」，如果英語的讀者能夠把它納入他們的語彙中，他們的語言會更豐富。

我曾看到一句英文「with one leg and one third of another in the grave」，我把它譯成「一

隻腿和另一隻腿的三分之一在墳墓中」，讀者會說，為何不譯為「行將就木」？當然是可以，但是在意思同樣可以理解的情況下，前面的譯法也正確，卻令中文讀者耳目一新。

曾泰元教授在文中談到語言的彈性問題，其實翻譯也涉及「移入異國語言（文化）、豐富本國語言（文化）」問題。

馬車與陰道口

法國散文家蒙田的《蒙田隨筆全集》三大冊譯自法文的全譯本在台灣上市，是譯界一大盛事。全集中有一篇〈論跛子〉，會讓人對蒙田另眼看待。

蒙田在文中提到，跛腳女人大腿上方的生殖器官更強壯，「扭腰的動作會給做愛帶來某種全新的快感」，並說，紡織女「坐著幹活引起的扭動會刺激她們，…有如貴婦人刺激她們的陰道口使其抖動。」我覺得饒富趣味，查對了五種英譯本，發現此句的後半部應為：「有如貴婦坐馬車時馬車的震顫刺激她們。」原來法文的coche除了有「馬車」的意思之外，也有「凹槽」一解（讓中譯者聯想到「陰道口」）。不過蒙田顯然只是將紡織女坐著紡織的動作和貴婦坐震顫的馬車相比，中譯者恐怕是想太多了，也許翻譯時參考英譯會更好。

醉翁之意不在酒

英文中有句格言Many kiss the baby for the nurse's sake，直譯是「很多人為了護士而吻寶寶」。我問學生這句格言的意思，他們答不出來，我加以說明：一個護士手中抱著寶寶，一個男人走過來，看到護士很美，就去親寶寶，不是親護士。台下有一個學生忽然興奮地叫出來：「老師，我知道，是明修棧道，暗度陳倉。」我說沒那麼嚴重，此時有學生說「醉翁之意不在酒」。這就對了。「為了護士而吻寶寶」是「不及」，「明修棧道，暗度陳倉」是「過」，過猶不及。「醉翁之意不在酒」是十足信又達的翻譯。記得我在一篇文章中提到這個英文格言，莊信正先生來信說，「抱兒親娘」也是適合的翻譯。沒錯，抱著出生的寶寶親自己的娘，醉翁之意不在親娘，是在獻「寶」。

糯米的英譯

前不久某報報導，有學生把「吃軟飯」譯成eat soft rice，把「講冷笑話」譯成tell cold jokes，台科大教授黃玫君認為應該分別是sponge off women和make chessy jokes（或make lame jokes）。

由於「吃軟飯」的KUSO翻譯涉及rice（米）一字，我想到了「糯米」的英譯。我查了將近十本漢英字典，「糯米」的英譯都是glutinous（黏稠的）rice。

記得十幾年前就聽到有人把「糯米」說成sticky rice，美國的中國店「糯米」則是以sweet rice標示。基本上還是以sticky rice最為通俗、流行，台灣的漢英字典需要修訂一番，以免成為「米蟲」。

音義兼顧的翻譯

音義兼顧的翻譯往往會讓人會心一笑，最典型的例子有派對（party）、脫口秀（talk show）、部落格（blog）、噗浪（plurk）、基因（gene）、迷思（myth）、外卡（wild card）、引得（index）等。有些人主張，一些翻譯要棄音就義，如「派對」應譯為「舞會」、「宴會」、「餐會」等，「迷思」應譯為「神話」，「引得」應譯為「索引」。其中party譯為「派對」，實因「舞會」、「宴會」、「餐會」、「聚會」等不足以涵括party的原義。

有人把teenage（青少年）譯成「聽愛擠」，還算傳神（我建議譯為「挺愛擠」）。又有人把television（電視）譯為「太累費神」，雖極盡諷刺，就某一意義而言倒也貼切。美國棒球球評在球員打出全壘打時會說see ya（see you，再見），聽起來很像台灣話的「死啊」，不知道這個音譯兼具的翻譯會不會流行？

翻譯與押韻

我讓學生把西洋格言He that spends beyond his ability may hang with agility譯成中文。這句英文的意思是：花錢超過自己的能力，會很快上吊，其實很容易譯，問題是句中的ability和agility押韻，必須譯出來。翻譯要兼顧原文的內容與文體，把詩譯成散文，或把散文譯成詩，都不忠於原文，而押韻是文體的一部份，不可不譯。

有一位學生知道句中有押韻，把它譯成「揮金如土，快快入土」，結果是顧此失彼，押韻譯出來了，但內容卻不太準確，因為揮金如土的人不一定入不敷出，有錢的大企業主多的是揮金如土，但不見得都快快入土。我想出兩個內容忠實又有押韻的翻譯謹供參考：「花錢不自量力，死神快快找上你」，以及「寅吃卯糧，快快會懸樑」。

《魯拜集》成為中國文學？

黃克孫先生以文言文譯成的波斯文學傑作《魯拜集》很受歡迎，據說中英文學者都為文推薦，有中文教授甚至視之為中國文學。

問題是，黃克孫先生根據費滋傑羅的英譯譯成中文，而費氏的譯文太美了。費迪曼(Clifton Fadiman)說，費氏的譯作出版後，「出現幾個譯本，有的較貼近原文，但總比不上費滋傑羅譯本賞心悅目。」我不知道這兒的「賞心悅目」是褒還是貶？但接著他又說，費滋傑羅的《魯拜集》完全不同於原作，可見在費迪曼眼中，費滋傑羅的翻譯美則美矣，但恐怕不很忠實，而黃克孫先生根據費滋傑羅的翻譯譯成中文文言文，則是美上加美，簡直不是翻譯，而是「譯翻」。黃克孫先生用了很多中文典故，如「蘭陵酒」、「阿母台」、「女媧」等，難怪有中文教授會認為是中國文學。

外文譯中文基本上在於引介外國文化、豐富中文字彙，黃克孫先生的《魯拜集》也許無法引介波斯文化，但至少要引介英國文學，結果一部波斯文學（或英國文學）傑作竟要成為中國文學。一個男人塗脂抹粉，裝扮像女人，但本質上還是男人。

奧瑪開儼是無神論者？

我在前篇〈《魯拜集》成為中國文學？〉之中提到，費滋傑羅（Edward Fitzgerald）翻譯奧瑪開儼的《魯拜集》「美則美矣，但恐怕不忠實」。根據大衛·品格利（David Pingley）的說法，費滋傑羅還誤譯了《魯拜集》中的一首詩，使人誤以為奧瑪開儼是無神論者。這首詩是《魯拜集》中的第81首，陳次雲先生的白話文中譯是：「啊你，你既造了俗子庸夫，／竟又設計蟒蛇在極樂之土；／在人的面目因罪而沾污的／時候——賜給——又接受人的寬恕！」

首先，奧瑪開儼說，上帝創造人類，竟又創造蛇，似在責備上帝不該創造了人，又創造蛇來誘惑人。其次，奧瑪開儼說，人雖然犯了罪，上帝還是寬恕人，也接受人的寬恕。「上帝接受人的寬恕」似乎不合基督教教義。據此兩點，讀者會以為奧瑪開儼是無神論者。其實不然。據說他臨死前曾叫著說，

「哦，上帝，我真的盡力要了解祢。因此請原諒我。我對祢的了解是我對祢的推薦。」

根據品格利的說法，這種對奧瑪開儼的誤解是源於費滋傑羅的誤譯。

費滋傑羅的傳奇

愛德華．費滋傑羅（Edward Fitzgerald，勿與《大亨小傳》的作者F. Scott Fitzgerald混為一談）以譯波斯詩人奧瑪開儼的《魯拜集》出名。他的譯作在1859年以匿名方式出版，雖然「前拉斐爾兄弟會」成員，尤其是羅塞蒂（Rossetti），發現後驚為佳作，但要到1870年代，人們才知道費滋傑羅是譯者。

據說，有一天費滋傑羅乘遊艇遨遊大海，遇大風浪落海，但浮上來時，他仍然戴著原來的高帽，穿著原來的大衣，仍然在讀著墜海前讀著的《泰晤士報》，上了遊艇時仍然讀著吸引他的那篇《泰晤士報》上的文章，怪哉。詩人的不尋常行徑又添一則。

「有情人終成眷屬」怎麼譯？

電視報導，Google把「有情人終成眷屬」譯成「Money talks」（「金錢萬能」），成為烏龍翻譯一則。記者請教英語名師徐薇如何譯此句，她說，「They live happily ever after」（「他們從此過著快樂的生活」）可考慮。

我查了幾本漢英字典，其中兩本有此句的翻譯，分別是「The lovers finally get married」以及「True lovers will finally get married」。兩譯都中規中矩，但翻譯時內容和文體都要兼顧。就文體而言，如果原文是成語，最好譯文也是成語。「They live happily ever after」顯然把文體列入考慮，字典上的兩譯則不然。

我一時想到莎翁有一劇All's Well That Ends Well，通譯「皆大歡喜」，我稍微將英文變化一下，成為All that loves ends well，在此請教方家。

當公廁遇到英譯

報載，交通部舉辦「雙語標示糾察隊」活動，發現台鐵把公廁中的「向前一步靠，廁所芬芬好」譯成「Come one step closer, and it smells better」。但報紙沒有給出正確翻譯。如將此句英文倒譯為中文，有可能被誤會為「向前一步靠，尿比較好聞」。「It」一字的用法很複雜，在這兒最好避免。

我最先想把它譯成「Come one step closer, and there will be a good-smelling toilet」（「向前靠一步，廁所會有好味道」），但又覺得「Come one step closer, and the toilet won't smell bad」（「向前靠一步，廁所不會臭」）比較合乎事實，問題是，中文有押韻，英文也要有押韻，最後只好譯為 「Come one step closer, and the toilet will smell better」。

此「性」非彼「性」

兩個英文不甚靈光的台灣女人去逛曼哈頓的一家服裝店。其中一位挑了一件，不確定是男裝還是女裝，跑去問男店員，他說：「unisex」，意思是「男女皆可」。她的女同伴很驚訝，對她說，「他吃妳豆腐，他說妳需要性。」（unisex發音很像「you need sex」）。接著男店員把unisex拚出來：「u—n—i sex」，她的女同伴更加驚駭，對她說：「他說，妳和他sex」。（u—n—i sex發音像「you and I sex」）。

又有一個男人英文也不靈光，到美國使館填表，有一欄是「sex」，男人填「once a week」（「一星期一次」），使館美國人用英語說，「應該填性別。」男人誤聽為要填性對象的性別，就填上「female」（「女性」），人員很驚奇，男人說，「我是正常的男人，所以性的對象是女性。」

從冰島漁夫到冰島農夫

上網查1940年代左右西洋文學，看到羅逖（Pierre Loti）的《冰島漁夫》，想起有黎烈文先生的譯本，在我高中時代很受歡迎。不久，在瀏覽書架上的英文書時，看到史特林堡（August Strindberg）的《The Natives of Hemso》（由瑞典文譯為英文，英文書名直譯為「亨梭島的原民」），似乎中有中譯，譯名是《冰島農夫》，上網查，證實無誤。

好湊巧，冰島漁夫和冰島農夫都引起名作家的興趣。事實上不然，《冰島漁夫》固然描述冰島海域的漁夫，但《冰島農夫》則與冰島無關。Hemso是瑞典的一個島，氣候寒冷，可想而知，也許可譯為「冰島」，但就內容而言，這部小說除描述農人之外，也涉及漁夫，所以這本小說至少應譯為《冰島原民》。

翻譯與水

有幾位翻譯家或學者用「攙水」來比喻翻譯不忠實。梁啓超在〈翻譯文學與佛典〉一文中說，「『葡萄酒被水』，……之兩喻，所謂痛切。」他是引用佛經說法，用「葡萄酒攙水」比喻翻譯不忠實於原文。釋道明說，「隨意增損…如乳之投水。」他是用「牛乳加水」來比喻翻譯的不忠實。郭沫若說，「一杯伏特加酒不能換成一杯白開水，總要還他一杯汾酒或茅台，才算盡了責。」翻譯大師梁實秋則說，「本來譯書的人無論譯筆怎樣靈活巧妙，和原作比較，總像是攙了水或透了氣的酒一樣，味道多少變了。」這是比較務實的說法，承認翻譯無法完全忠實，「總像是攙了水」，相對之下，前三說是持較高的標準，但卻是翻譯者應切記的比喻。

翻譯與水的其他比喻

有三個人以水來比喻翻譯，但不是用「攙水」來比喻翻譯不忠實。

第一位是鄭振鐸，他說，「譬如思想是水，『表白』是載水之器；無論載水之器的形式如何改變，水的本質與分量總是不會減少的。」這暗示翻譯戲法人人會變，但萬變不離其宗。翻譯家思果說，「雖然佳譯像鹽化在水裡看不出痕跡，但鹽總是在那裡，沒有添，沒有減。」主角從水變為化在水中的鹽。《鐘樓怪人》作者雨果則說，「翻譯如以寬頸瓶中水灌注到狹頸瓶中，傍傾而流失者必多。」（錢鍾書譯）。這也是比較持平的說法，承認翻譯無法完全忠實。按照這種說法，「灌注」時，水只會流失，不會增加，因此理論上，翻譯時翻譯出來的東西不應增多，這可做為翻譯時喜添油加醋者戒。

誤譯誤國？

2010年5月28日，日本新華僑報有一則報導說，1945年的「波茨坦宣言」敦促日本無條件投降，日本官方通訊社「共同通訊社」有關日本首相鈴木的談話英譯內容是說，「日本將它（波茨坦宣言）完全忽略，並且為了成功地結束戰爭而堅定地戰鬥。」這等於是日本「拒絕」「波茨坦宣言」，因此吃了兩顆原子彈。

但是刊載在日本《每日新聞》的鈴木談話內客則是，「日本不做回應，並且堅定地邁向戰爭的終結。」鈴木的回應中沒有用「完全將它忽略」和「堅定地戰鬥」等字眼。他的回應原文中，「殺」一字是個意義含糊的字，沒有對應的英文字，在日文中可解釋為「不作回應（評論）」或「拒絕」，並沒有「完全忽略」之意，但後來路透社和美聯社更進一步將「完全忽略」改為「拒絕」，因此惹了大禍。

新華僑報的結論是，鈴木是政客，説話摸棱兩可，但譯者和編輯的疏忽更要承擔很大的責任。

中式英語在中國大陸

根據2010年5月2日《紐約時報》一篇文章，中國大陸中式英語的標示與台灣不遑多讓。「存取款機」譯為「cash recycling machine」（「現金回收機」），「炸香腸」譯為「fried enema」（「炸灌直腸」），「施工進行中」標示為「execution in progress」（「死刑執行中」），「小心滑倒」標示為「slip and fall down carefully」（「小心地滑倒」）。

最有趣的是，「如有遊客不服從工作人員管理或違反規定，一切後果自負」竟然變成「Because if the tourist does not obey the staff to manage or contrary holds, Does, all consequences are proud」。這個翻譯英文不通，本來「自負」是「自行負責」之意，英譯卻變成形容詞proud（「自傲」）。

但是文章中說，有一位曾在德國電台任記者的

Oliver Lutz Radtke卻認為，中式英語有如珍稀物種，應加以保護，「如果把所有標示都標準化，不僅我們在公園散步時會少掉很多歡笑，也會讓我們失去瞭解中式思維的一扇窗。」這倒是另類思考。

希拉蕊引用中國古詩

2010年5月22日，美國國務卿希拉蕊在上海世博會美國館招待會發表談話，再度引用一句中國古詩「山重水複疑無路／柳暗花明又一村」。新華網的報導中說，「她是如何用英語表述這兩句詩呢？」我們不知道，「表述」是指她自己翻譯？還是引用別人的翻譯？我想談她用英文所「表述」的這兩句詩：「After endless mountains and rivers that leave doubt whether there is a path out, suddenly one encounters the shade of a willow, bright flowers and a lovely village」。

如果這是希拉蕊自己的翻譯，那表示她的中文閱讀能力和英文寫作能力都很高竿，不愧為國務卿。不過容我不辭揣陋，提出兩點小意見。「山重水複」是對應「柳暗花明」，所以最好各譯成「endless mountains」和「countless rivers」。又lovely

（「可愛」）似多餘，在「柳暗花明」的襯托下，「又一村」當然很可愛。我的建議翻譯是：After endless mountains and countless rivers leave doubt whether there is a path out, suddenly one encounters dark willows and bright flowers showing a village。

「認人」和「情婦」之間

傑羅米（Jerome Bonaparte 1784-1860）是西發里亞地方的普魯士國王，也是拿破崙的叔叔。據說他臨終時，拿破崙派摩洛特主教（Cardinal Morlot）去執行臨終儀式。

主教到達傑羅米的住宅時，用法文問住宅總管家，「Le roi a-t-il sa connaissaire? 」（譯成英文是：Is the king in possession of his faculties?）大意是「國王還會認人嗎？」總管家把其中的connaissaire詮釋為較口語化的「熟人」（「情婦」），因此把「in possession of his faculties」（「擁有官能」或「會認人」）解釋為「擁有情婦」，因此回答說，「是的，閣下，德・普蘭希夫人整夜待在他床邊。」

俗界的總管家畢竟比主教多食了一點人間煙火，對字語的詮釋就多了一份率性。

雷根總統聽不懂法語

據說，有一晚雷根總統夫婦宴請法國總統密特朗夫婦。根據禮儀，雷根夫人要先引導密特朗總統到她的餐桌那兒，然後雷根引導密特朗夫人到他的餐桌。

雷根夫人和密特朗已經到達餐桌，但密特朗夫人則動也不動地僵在那兒。一位領班對她做手勢，她照樣不動。雷根對密特朗夫人低聲說，「我們應該走到我們的餐桌那兒。」結果密特朗夫人對雷根講了一句法語，但雷根聽不懂，她又重複一次，雷根搖頭。

忽然有一位譯員跑向雷根，說道，「她是告訴你說，你踏到她的禮服了。」

我想，密特朗夫人為了不讓雷根出糗，沒有用比劃的方式，此時只有譯員能發揮功能了。

禮多人不怪？

ABC的記者約翰·米勒（John Miller）是訪問蓋達恐怖分子賓拉登的最後幾名記者之一。他不諳阿拉伯語，當然有譯員在身邊，但基於禮貌，他在訪問賓拉登的全程中，只要後者用阿拉伯語說話，他都點頭，表示他在注意聽。

訪談結束後，譯員對米勒說，「賓拉登在訪談中曾說，他已擬定計劃要屠殺數以千計美國人，你當時也點頭，表示完全同意。」米勒聽了當然很窘。

點頭雖是表示傾聽，但是除了讓人覺得不懂裝懂之外，也會鬧出很大的笑話。

愛爾蘭人逗英國人

愛爾蘭戲劇家布雷丹・伯漢（Bredan Beham, 1923-1964）曾和愛爾蘭共和軍有過密切關係，也寫過自傳《少年感化院的男孩》。他在未成名前曾在巴黎當油漆工。有一家飯店請他漆一個招牌來吸引到巴黎觀光的遊客。伯漢答應後漆了一首英文短詩，中文翻譯是：「進來吧，你們這些安格魯・撒克遜豬類，／進來喝我的阿爾幾利亞酒類，／它會讓你們的眼球一隻藍了一隻黑了，／這對你們而言足夠好了。」

伯漢領了工資，但不懂英文的老板還沒請人將詩譯成法文之前，他就逃之夭夭了。

等待動詞出現

有一個美國女人去造訪柏林，想聽德國鐵血宰相俾斯麥的演講。她買了前往德國議會的車票，並請了一位翻譯人員。

到達議會後不久，俾斯麥就站起來開始演講，但譯員只是坐在那兒專心聽著。女人急切地等著他翻譯，於是輕推他，但他是繼續聽著，沒有反應。最後，這個女人再也受不了了，就突然大聲說，「他在說什麼啊？」譯員回答說，「我正在等待他的動詞出現。」

這則軼事出現在美國人柯雷格 (Gordon Craig) 所著的《德國人》一書中。作者在書中曾談到德語，說它是一種可怕的語言。動詞要很久才出現，這也許就是一例。這種情況當然會苦了翻譯人員。

三則有趣的誤譯

在一篇由兩位泰國人所寫的〈迷失在翻譯中〉一文中，看到三則有趣的誤譯，提供讀者參考。

第一則是，香港某裁縫店有一個看板用英文寫著：「Ladies may have a fit upstairs」，意思是要女士們到樓上試衣。但「試穿」英文名詞的說法是fitting，如使用「have a fit」就變成「大發脾氣」了。

第二則是，日本某地出現一個「車輛繞道」的英文看板，上面寫著：「Stop! Drive sideways」，本意是要開車的人「停下來，繞到旁邊去」，但其實不然，它的意思是「停！請側著車身駕駛」，這是什麼危險的特技表演啊！

第三則是，有一則泰文把電影《Kramer vs Kramer》（《克拉瑪對克拉瑪》）譯成《Khmer fighting Khmer》（《克瑪與克瑪作戰》）。作者認為，原因可能是，譯者受到鄰近泰國的寮國當時正在發生戰爭一事所影響。

鉛筆盒與褲子

美國一位教英文的小學老師跟一個到美國學英語的法國小學生聊天，問他上英文課的情況。

小學生笑說發生很多趣事，譬如「老師在教一個片語時，我們全都讓褲子掉下去（We all dropped our troussers）。」老師聽了很驚奇，問道，「你說你們做什麼？」小學生回答，「我們讓褲子掉下去，製造很多噪音。」並且笑得更開心。老師問道，「你確定是褲子？」並指著自己的褲子，怕這個小學生不知道trousers是什麼。學生說，「哦不是！不是褲子，是鉛筆盒！」

原來法語「鉛筆盒」是trousse，發音很像英文的「褲子」（troussers）。

Chicken的笑話

一個教中國小朋友英文的美國人帶一個小朋友去吃早餐。侍者問小朋友要吃什麼？他說他要香腸與蛋。侍者說了一大堆英文很難聽懂的蛋的名稱，如scrambled eggs、eggs over easy、sunny side up、eggs Benedict。小朋友想了一會後說，「I would like to have chicken eggs」。他聽不懂這些蛋的英文名稱，乾脆用中式英文把「雞蛋」說成chicken eggs。

據說有兩個中國人到美國餐館吃飯，其中一位對侍者說，「I would like to have chicken」（「我要雞肉」），另一個人立刻說，「I am chicken too」（「我也是雞肉」的中式英譯）。

有一天英文老師問學英文的小朋友，「母雞英文怎麼說？」有一個小朋友立刻舉手說，「Mother of chicken」。其實這個小朋友也沒錯。「母」這個字除了與「公」對應之外，也與「父」對應。

最後，到餐廳點雞腿, 請不要說成chicken leg，因為這是「妓女的腿」的意思，要說drumstick（原意「鼓棒」）。

像老年的荷馬在唱歌

布萊揚（William Cullen Bryant，1794--1828）是美國著名浪漫詩人、新聞記者和報紙編輯。他在72歲喪妻之後重新進行中斷的荷馬《伊利亞德》和《奧德賽》英譯工作，歷經四年才完成，史上沒有一位詩人在這麼大的年紀從事這麼偉大的工作。有人說，這項工作就像老年的荷馬在唱歌。美國著名文評家布魯克斯（Van Wyck Brooks）讚美布氏的翻譯「簡單、忠實」，至今仍然被認為在眾多荷馬史詩譯作中僅次於德爾比爵士（Lord Derby）的翻譯，勝過頗普（Alexander Pope）的翻譯，甚至浪漫詩人濟慈所讚賞的查普曼（George Chapman）的翻譯也望塵不及。

如果此則「譯事」不夠有趣，則布萊揚嬰兒時代的一件事倒有點趣味。據說，他嬰兒時代身體虛弱，頭部很大，身為醫生的父親每個早晨都把他浸在冷水中。我們不知道這種方法有否達到預期放果，但他活到84歲是事實。

頗普譯荷馬

頗普 (Alexander Pope) 是18世紀英國名詩人，他的詩作褒貶不一。就「貶」而言，王爾德曾說，「不喜歡詩有兩種方法，一是不喜歡它，另一是讀頗普的詩。」至於他所譯的荷馬的《伊里亞德》與《奧德賽》，則是貶多於褒。古典學者理查．班特利 (Richard Bentley) 曾針對頗普這兩本譯作說，「頗普先生，那是很美的詩，但你不能說那是荷馬的作品。」

關於頗普所譯的荷馬，還有一則插曲。據說，在他譯完《伊利亞德》不久後，哈利發的伯爵蒙塔古邀請他到家朗讀譯作。但蒙塔古建議他改進一些段落。頗普等幾個月後便前往伯爵那兒朗讀「改進」後的譯作。伯爵很高興，並恭喜他，但誰知道，所謂「改進」後的譯作，其實是一字未改。

波頓譯愛經

理查・波頓（Richard Burton）是英國19世紀的著名探險家和翻譯家。他寫了很多情色作品，但死後卻被妻子伊莉莎白付之一炬，與拜倫的情色回憶錄遭同樣命運。

波頓除了譯《天方夜譚》和《芬芳花園》之外，最著名的是把印度名著《愛經》譯為英文。他和朋友阿布斯諾（F. F. Arbuthno）成立一家虛有其名的出版社，和阿布斯諾合譯《愛經》，將原書內容大肆更改，用了兩個梵文字lingam和yoni，來指稱禁慾主義者的原作者所沒有明說的男女性器官，因為1889年時的維多利亞時代英國人仍然表現得一本正經。但從此以後，yoni一字卻變得很流行，成為英語一個意指女性器官的俚語。

最近兩則離譜翻譯

才在不久前，報紙登出兩則有關離譜的翻譯的消息，一則發生在國外，另一則發生於國內。

美國國務卿希拉蕊與俄國外長在瑞士一間高級飯店首度舉行美俄兩國外長會議，希拉蕊為化解兩國過去的不快，送了對方一個飾有英文和俄文「重新啓動」字眼的假按鈕。希拉蕊問俄國外長，「重新啓動」的俄文用得對不對，外長說，那個俄文字的意思是「開價過高、不當要求」，不是「重新啓動」，可真諷刺，「重新啓動外交關係」竟然成為「不當要求」。莫非美國外交人員迫於中東情勢緊張都去改學阿拉伯文或以色列語，荒廢了俄語？

國內的那一則是：國立台灣史前文化博物館出版了一本有關原住民的書，英文說明卻把「成年」（adulthood）錯譯成「通姦」（adultery），因此原住民成年的標誌——紋面——變成了通姦的標誌，真是情何以堪。這讓人想起有一位指揮官把電報中的surround（包圍）看成surrender（投降）的有名例子，原因都是匆忙中錯把馮京當馬涼。

開貓公司

最近同事聚餐，教翻譯的張老師告訴我一則趣事。他讓學生譯一段英文，有一個學生把一個句子He stayed at home to keep the cat company譯成「他待在家中開貓公司」。其實本意應是「他待在家中陪伴貓」（the cat和company都是受詞；company當名詞也有「陪伴」之意）。

我不知道「貓公司」中文有無特別的意思，但台語「貓仔間」卻有「查某間」也就是「妓院」之意，無獨有偶，英文俚語中的cat也有「妓女」之意（可參閱Robert L. Chapman所編《美國俚語新字典》（New Dictionary of American Slang），cathouse則有「妓院」之意（在2009年版的《韋氏大字典》及一般英文字典中皆可查到此字）。

有一則新聞說，HBO將取消《Cathouse》（《妓院》，直譯《貓屋》）的播出，不讓德魯·彼德遜

(Drew Peterson) 演出。原來，彼德遜就是被控謀殺三、四任妻子的前美國警官。《貓屋》也因為這則消息鬧得沸沸揚揚，而佔據美國媒體不少版面。

至於貓兒何辜，為何與色情扯上關係，可能還要經過一番考據。

《老負鼠的貓經》中某一節的中譯

T.S.艾略特的《老負鼠的貓經》搬上舞台，名為《貓》，風靡全球。原著中的〈老甘比貓〉有一節原文是這樣的：

But when the day's hustle and bustle is done,
Then the Gambie Cat's work is but hardly begun.
She thinks that the cockroaches just need employment
To prevent them from idle and wanton destroyment.
So she's formed, from that lot of disorderly louts,
A troop of well-disciplined helpful

boy-scouts,

With a purpose in life and a good deed to do—

And she's even created a Beetles' Tattoo.

押韻的形態是AA，BB，CC，DD，我的翻譯如下：

但是當繁忙的一天消失，

「甘比貓」的工作才剛要開始。

她認為蟑螂就是需要有工作，

才不會進行無聊和放肆的破壞工作。

所以她就把亂七八糟的蠢蟑螂群，

組成紀律嚴明、很有助力的童子軍，

生命中有目標，做出好事情——

她甚至創造出披頭四的快速擊鼓聲。

出書前，編輯跟我討論，認為最後一行不是「披頭四的快速擊鼓聲」，但我還是堅持原譯。書出版後，我發現這部份被改成了「蟲蟲進行曲」，如此押韻就不對了。

當初我認為「Bettles' Tatto」兩字的第一個字母都是大寫，才會想到「披頭四」。如今我認為，「蟲蟲進行曲」也許正確，但卻壞了押韻，所以我認為應該譯為「蟲蟲的擊鼓聲」，俾能音義雙全。

現在，生米已煮成飯，「蟲蟲進行曲」讓我覺得好像一粒老鼠屎壞了一鍋粥。

翻譯與禁忌

據國家圖書館的館研究人員指出，不但中文創作曾遭禁，連中譯的世界名著也被禁過，包括屠格涅夫的《初戀》、果戈里的《死靈魂》、勃朗特的《簡愛》、左拉的《娜娜》，還有《畢業生》、《午夜牛郎》和《教父》等，其中大部份跟情色有關。

不讓人們接觸情色翻譯作品的方法除了禁讀之外，還有三種方法，其一是刪去情色段落不譯，其二是用拉丁文取代，其三是以原文直接呈現。

刪去情色段落的翻譯不用舉例。用拉丁文取代的翻譯最有名的例子是：《金瓶梅》唯一廣為流傳的英譯本都把涉及性的部份譯成拉丁文，奧維德 (Ovid) 的作品也有以拉丁文寫成的段落，以致有男學童苦讀拉丁文，成績突飛猛進，其他科目則罕有這種表現。至於以原文直接呈現的例子則要談到納博可夫了。

納博可夫的名作《文學講稿》中譯本不久前上

市，而他在《俄國文學講稿》的〈翻譯的藝術〉一文中提到，托爾斯泰的《安娜卡列尼娜》的英譯本在偽善（？）的維多利亞時代出版時，有一段男主角問女主角，「怎麼回事了？」結果英譯本出現女主角回答：I am beremenna，讓英譯本讀者看得霧煞煞，以為女主角得了一種東方怪病。原來，beremenna是俄文，等於英文的pregnant（懷孕），只因譯者唯恐pregnant一字會驚嚇到維多利亞時代心靈純潔（？）的讀者，才以俄文直接呈現。唉，如果在二十一世紀的今天還有這種情況存在，又要難為男學童的俄文成績突飛猛進了。

這樣翻譯真有趣

張曉風女士二〇二一年二月八日在自由副刊有一篇文章，大約是說，她五十年前讀過一則談翻譯的文章，說日本人為了追隨歐美文化，大量翻譯西方小說。譯者譯到男主角對女主角說「我愛你」，女主角回說「我也愛你」。不料譯者卻譯不下去了，因為那時日本女人不可以主動去說愛別人，這是定律，所以，譯者就把女主角的話譯成「就是被你愛死了，也願意。」這真是有趣。就翻譯的觀點來說是，我有三點意見。

第一，既然是「為了追隨歐美文化」，那就要把歐美女人說「我愛你」的文化引介進來。有時要考慮「異化」的方法，而不是「同化」的方法。

第二，如果女人說「我愛你」是禁忌，不能譯出來，譯者至少要用我在「翻譯與禁忌」一則中所指出的三種方法中的兩種去譯它，即用拉丁文取代以及用原文來呈現。我認為，這樣比譯成「就是被你愛死了，也願意」還好，因為有讀者會去查拉丁文或原文的意思，知道原作者的意思。

第三，「我愛你」和「就是被你愛死了，也願意」，意思差很多，後者很不忠實。

總之，就直接譯成「我愛你」。這樣譯雖然不合時代需求，但又不是譯者的錯，他並沒有捏造。

地名的英譯

某日在某報看到一則消息：「台鐵的白痴翻譯鬧笑話　急撤」。內容是說台鐵沙鹿站一些地名被譯得荒謬無比，例如將梧棲譯成Wu to stay，而不是Wuchi，光田醫院譯成the light farmland hospital，而不是Kung Tien General Hospital。

問題都是出在將地名意譯，而不是音譯。據我所知，地名大都音譯，黃河固然有意譯的Yellow River，但黃山卻不是譯成Yellow Mountain，而是音譯。玉山除了譯為Jade Mountain，音譯又何妨？我先前任教的政大有一個「百年樓」，竟有人譯成One Hundred Years Building，其實，「百年」是指曾任政大校長的陳大齊先生，他名大齊，字百年，所以「百年樓」應該音譯才對。地名或建築物的英譯可不慎乎？

歐洲有個地方叫Fucking

奧地利和德國交界處有個富金村(Fucking)看起來像髒字的fucking，其實第一音節發音是「富」，但由於不堪其擾，即將改名為Fugging。

應該是沒有人會把它譯成「屌村」，最多譯成「發金村」(見「地名的英譯」一則)。說到「發金」，我想起一個笑話。一個講英語的東方人面孔飛機乘客，對女空服員無理取鬧，女空服員用英文問他是什麼名字，這位乘客說，fucking you。女空服員找機艙長來，要看他的護照，結果護照上的英文名字Fajin Yu(聽起來像Fucking You，或者他故意把jing的音發成king的音)，中文是「游發金」。

電影譯名的作文比賽

我覺得翻譯（尤其是英譯中）經常被當做是作文比賽，有四字訣曰「加油添醋」，而電影的譯名中就有活生生的例子，例如海明威的The Sun Also Rises，譯成《妾似朝陽又照君》，其實如果要談「雅」，《旭日又東升》就夠了。《妾似朝陽又照君》確實折損了海明威的陽剛之氣。再如納博可夫（Nabokov）的名著Lolita，電影譯名是《一樹梨花壓海棠》，可真把小說的中譯名字《羅麗泰》或《羅麗塔》壓得喘不過氣。小說與電影的譯名一簡潔一賣弄（賣弄蘇軾的詩），給人的感覺有天壤之別。最後，菲利普・羅斯（Philip Roth）的中篇Goodbye Columbus，電影譯成《花落遺恨天》，與小說原名《再見哥倫布市》相比，美則美矣，可惜跟《一樹梨花壓海棠》一樣，都讓西洋現代名著穿上中國古典詩的小鞋。

當然，電影譯名也有誤譯的時候。多年前有一部電影Absence of Malice被片商譯成《惡意的缺席》，讓觀眾看得一頭霧水，因為劇情中根本沒人惡意缺席。原來，Absence of Malice的原意是「沒有惡意」，absence除了「缺席」之外，也有「缺乏」之意。還有一部電影Out of Africa，譯成《遠離非洲》，其實內容是對非洲（肯亞）生活的回憶，「遠離」本身有點負面，如「遠離塵囂」、「遠離瘋狂的群眾」等。

最後，Gone with the Wind的小說譯名是《飄》，電影中譯是《亂世佳人》，倒還可以接受。順便一提，有人把Gone with the Wind譯成「中風而死」，博君一粲。

飄？亂世佳人？

某日某報登出一則小消息：「《飄》票房14.51億美元　史上最賣座」，消息中又指出，排名第二是「星際大戰」，票房是12.79美元。事實上，米契爾（Margaret Mitchell，1900-1949）的名著Gone With the Wind中文譯名確實是「飄」，但搬上銀幕時的中譯卻是「亂世佳人」，很多人都耳熟能詳，電影譯名最好遵循約定俗成的中譯。至於「星際大戰」原文是Star Wars，不應與Star Trek混為一談。Star Trek的電視影集中譯為「星際爭霸戰」，電影中譯則為「星艦迷航記」，記得有一種摩托車名為「星艦」，我跟學生開玩笑說，不要騎星艦，否則會迷航。

中文被動語態趣談

中文的被動語態大都隱藏著 (understood)，如「狡免死，走狗烹」，所謂「烹」當然是「被烹」。有一個笑話說，一個牧師向一群聽不懂國語的老年人講道，於是請一個人把內容譯為台語。牧師說，「上帝是看不見的」，翻譯者就譯成台語「上帝是青瞑ㄟ（眼瞎的）」，牧師又說,「上帝是摸不到的」，翻譯者譯成台語「上帝是未摸ㄟ（摸不得的）」，牧師再說，「但是上帝是無所不在的」，翻譯者譯成台語「但是上帝是落落逡ㄟ（趴趴走的）」。前兩句中文中的「看不見的」和「摸不到的」其實都是被動語態，即「不能被看見的」和「不能被摸到的」，但不可能有人樣說，因此才被誤譯。至於第三句中的「無所不在的」則不涉及被動語態。引用這個笑話只因它是典型例子，別無他意。

顧名思義的翻譯

中譯英時，中文的閱讀能力要好，英文的寫作能力也要好，通常都由中文不錯、以英文為母語的人來做。但這種人的中文閱讀能力如不夠靈光也會出錯。據說有位漢學家級的美國人把「赤足走在沙灘上」中的「赤足」譯成in red-foot（紅足），因為想當然耳，「赤」就是「紅」，沙灘走久了，腳就會紅嘛。他又把「文君當爐」中的「當」譯pawn（拿東西去「當」）。這位老兄不知道卓文君與司馬相如私奔的典故，或者只知一半，以為卓文君太窮，拿爐子去當。不過我也發現，就算以中文為母語的人也會會錯中文的意思，例如有一位譯者把鄭板橋的「吃虧是福，難得糊塗」中的「難得糊塗」譯成it is hard to play the fool（裝糊塗很難），我想鄭板橋的意思應該是「裝糊塗是很可貴的」吧？在此請教方家。

翻譯的傾中派？

我一直認為，翻譯的功能是引進外國的文化，增強本國的語彙，但就是有些中譯者一直在中文的圓環中打轉，走不出去，成了另一座「繞不出去的圓環」。有時，「引進外國的文化」與「增強本國的語彙」是可以同時進行的，如不把He who keeps company with the wolf will learn to howl譯成「近朱者赤，近墨則黑」，而譯成「跟狼作伴，就會學狼叫」，則不但讓我們知道外國人的相似說法，也可以在中文寫作用濫了「近朱者赤，近墨者黑」時換個口味。有人主張把All roads lead to Rome譯成「條條大路通長安」，而不是「條條大路通羅馬」，就是典型的「傾中派」。試問，如有人把指涉外國風化區的red-light district（紅燈區）譯成「綠燈區」，難不成他見聞不足，不知道外國風化區是以紅燈標示？還是他是紅綠色盲？也許都不是，他或許是「文化的本位主義者」，但這樣卻會誤導一些無知的讀者。

電影（視）字幕翻譯與口譯

述棠先生在回應拙作〈翻譯的傾中派〉一文時，談到中國成語在翻譯電視台英文電影的字幕時有其功用。他說，「如果逐字翻譯，螢幕將全是字幕…字幕一閃而逝，不知所云，必會被觀眾罵死。」因此「適當的中國成語常會大顯神功。」

雖然把非成語譯為成語是文體的不信，但我也不得不承認，電影（視）字幕用中文成語翻譯有其必要性，因字幕「空間」有限，而成語所佔空間較少，又有畫龍點睛之妙，翻譯字幕時似可稍微忽略「信」，只求「達」。另一種可稍微忽略「信」、只求「達」的翻譯則是「口譯」，此乃口譯時「時間」有限之故。至於筆譯，則需力求意義與文體同時兼顧「信」，不是嗎？

過與不及

有一位教授把英文的a woman without a man is like a fish without a bicycle譯成「沒有男人的女人就像沒有腳踏車的魚一樣」，結果被一位中學英文老師批評「狗屎翻譯」，然後自作解人，說這句話應該譯成「一個沒有男人的女人就像一個愛四處走動的男人沒有腳踏車一樣」，還加註解說，魚是愛游來游去的動物，說什麼「若干年前人類還沒有汽車，愛四處走動的人都是騎腳踏車，沒有了腳踏車就像沒有了腳一樣。」什麼是什麼啊！我看了差點「噴飯」。其實這句話是外國女權運動者的口號，意思是說，女人沒有男人又怎樣？就像魚沒有腳踏車又如何？反正不需要。教授固然翻得「不及」，但英文老師「未博假博」，不知會陷害多少人。這是翻譯中一個「過猶不及」的典型例子。

還有一個「過」的例子不能不提。我看到某出版社把一本原名《The World's Shortest Stories of Love and Death》（世界極短的愛與死故事）譯成《我們愛死了的故事》，搶讀者也不必這樣吃相難看、不擇手段嘛。這簡直可以跟有人將Gone With the Wind（「隨風而去」或「飄」）譯成「中風而死」相媲美。

英語的假比較

我在「過與不及」一則中提到七〇年德國柏林女權主義者的口號「a woman without a man is like a fish without a bicycle」。我說，這句話不應譯成「沒有男人的女人就像沒腳踏車的魚」，因為這不像女權主義者的口號，而是應譯成「女人沒有男人又如何。就像魚沒有腳踏車又如何。」這在英文中就是一種假比較。現在再舉一個例子如下：

「John is tall like I am the Queen of Sheba」。這句話不能譯成「約翰很高，就像我是示巴的皇后」，其實它的意思是：約翰並不高，就像我不是示巴的皇后（示巴皇后是西元前十世紀的美麗皇后，所羅門王曾愛上她）。或者也許我們可以把它譯成「約翰很高，見鬼」。

翻譯懸賞

翻譯時有時要用「譯註」才能能解決問題。現在我懸賞不用註解就可以翻譯好以下笑話中Sherry、Penny和Fanny三個英文字的人。

有三個美國男人去參加就業口試，主考官看了第一個男人的履歷表，就說他愛喝酒，不能錄取，因為他娶了一個太太名叫Sherry。然後主考官又看看第二個男人的履歷表，搖頭說他愛錢，因為他娶了一個太太叫Penny。此時第三個男人笑著對另外兩個男人說：「那我也沒有希望了，因為我太太叫Fanny。」

這邊的Sherry除了是女人的名字之外，也有「雪利酒」的意思，Penny除了是女人的名字之外，也有錢的單位「便士」之意，而Fanny除了是女人的名字之外，也有「屁股」之意。如有人能一次到位把這三個字譯成既是女人名字又有上述三種意義的中文，不用任何譯註，那真是譯林高手了。

君兒與六月

在網路上看到與《布拉格之春》、《鵝毛筆》並稱為導演菲利普．考夫曼的「情色三部曲」的《亨利與君兒》(Henry and June)，在香港被譯為《情迷六月花》，覺得這可真是一個很大的美麗的錯誤。

其實《亨利與君兒》這部片子，是根據美國女作家阿娜伊絲．寧(Anais Nin)的同名小說改編而成，描述美國名作家亨利．米勒認識銀行家休果的妻子君兒，之後幾個人糾纏的一段愛情往事，也許很有情迷的成分，但跟「六月」完全扯不上關係。片商也許知道人名「君兒」(June)也有「六月」的意思，所以故意來一個「情迷六月花」，不然就是只知道June是「六月」的意思，不知道它也是女性的名字，再不然就是昧於美國文學史上兩個男女名作家的情史主被搬上銀幕的事實，只在譯名上動腦筋，吸引觀眾。

對照之下另一部電影《Enchanted April》譯成《迷情四月》就很中規中矩了。

作者簡介

陳蒼多

師大英語研究所碩士

政大英語系教授

翻譯作品二百多本，創作六本，目前專注於翻譯、創作。

國家圖書館出版品預行編目(CIP)資料

譯林擷趣/陳蒼多著. -- 初版. -- 臺北市 :
鴻儒堂出版社, 民112.10
面； 公分
ISBN 978-986-6230-74-5(平裝)
1.CST: 翻譯
811.7 112013153

譯林擷趣

定價300元

2023年（民112年）　10月初版一刷

著　　者　陳　蒼　多
發 行 所　鴻儒堂出版社
發 行 人　黃　成　業
地　　址　台北市博愛路九號五樓之一
電　　話　02-2311-3823
傳　　真　02-2361-2334
郵政劃撥　01553001
E-mail　hjt903@ms25.hinet.net

法律顧問：蕭雄淋律師

本書凡有缺頁、倒裝者，請逕向本社調換

鴻儒堂出版社設有網頁，歡迎多加利用
網址：https://www.hjtbook.com.tw